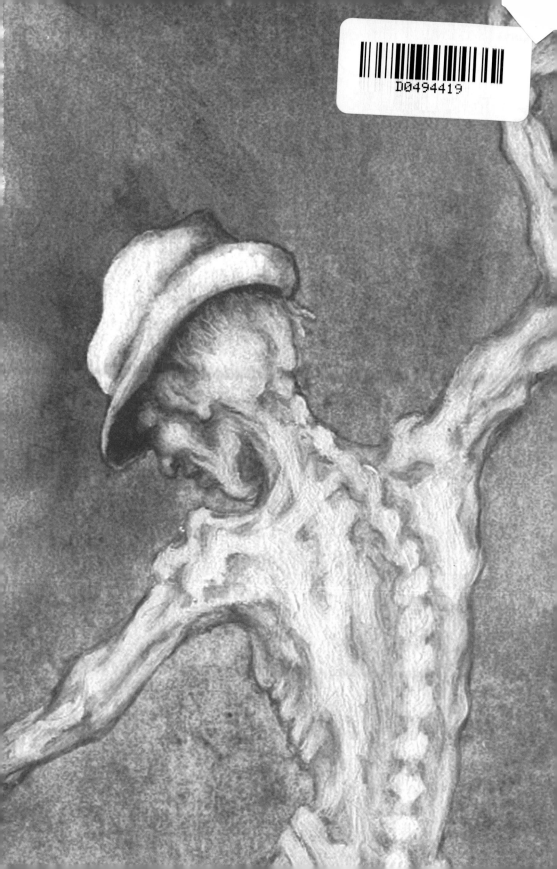

2005

La collection
ROMANICHELS
est dirigée par
André Vanasse

# Le vieux fantôme
# qui dansait sous la lune

La publication de cet ouvrage a été rendue possible grâce à l'aide financière du ministère du Patrimoine canadien par l'entremise du Programme d'aide au développement de l'industrie de l'édition (PADIÉ), du Conseil des Arts du Canada (CAC), du ministère de la Culture et des Communications du Québec (MCCQ) et de la Société de développement des entreprises culturelles (SODEC).

XYZ éditeur
1781, rue Saint-Hubert
Montréal (Québec)
H2L 3Z1
Téléphone : 514.525.21.70
Télécopieur : 514.525.75.37
Courriel : info@xyzedit.qc.ca
Site Internet : www.xyzedit.qc.ca

et

Sophie Frisson

Dépôt légal : 1ᵉʳ trimestre 2005
Bibliothèque nationale du Canada
Bibliothèque nationale du Québec
ISBN 2-89261-420-1

Distribution en librairie :
Au Canada :
Dimedia inc.
539, boulevard Lebeau
Ville Saint-Laurent (Québec)
H4N 1S2
Téléphone : 514.336.39.41
Télécopieur : 514.331.39.16
Courriel : general@dimedia.qc.ca

En Europe :
D.E.Q.
30, rue Gay-Lussac
75005 Paris, France
Téléphone : 1.43.54.49.02
Télécopieur : 1.43.54.39.15
Courriel : liquebec@noos.fr

**Droits internationaux :** André Vanasse, 514.525.21.70, poste 25
andre.vanasse@xyzedit.qc.ca

Conception typographique et montage : Édiscript enr.
Maquette de la couverture : Zirval Design
Illustration de la couverture : Mag, *Le vieux fantôme qui dansait sous la lune*, 2004
Illustration des pages de garde : détail de la couverture

Sophie Frisson

# Le vieux fantôme qui dansait sous la lune

*roman*

éditeur

Romanichels

# Avant-propos

Parfois je me sens vieille comme si j'avais quarante ans et pourtant je n'en ai même pas vingt-cinq. Je n'ai encore rien vu mais je sens mes yeux pesants.

Sophie Frisson : bien sûr, c'est un pseudonyme. Pensez-vous que je vais foutre mon âme à poil sans prendre la précaution de me voiler le visage ? Dans quelque temps, peut-être, vous pourrez me reluquer telle que je suis.

Avis : que personne ne me demande pourquoi je fais preuve de charité à l'égard de ce vieux cornichon d'Oscar Dupont, le señor del Puente, ce Canadien oublié comme une vieille bottine au bord de la mer. Pourquoi l'ai-je repêché sur les rivages de l'oubli ? Je n'ai pas l'intention de vous expliquer ça. Je n'avouerai qu'une de mes raisons : pas un seul mot n'a encore été dit, écrit à son sujet depuis sa disparition.

Et une autre : ma biographie du grand homme a avorté... *Don't call me lengua larga...*

S. F.

**25 janvier**

J'ai rencontré pas mal de cons dans ma vie. Aujourd'hui, j'ai rencontré le plus vieux au marché de Zihuatanejo. Il a plus de cent ans. En fauteuil roulant. Un chapeau de cow-boy américain sur sa tête de squelette. Il criait : « ¡ *Viva la anarquía* ! »

**3 février**

Je devrais commencer à écrire mon roman, moi, Sophie, diplômée en littérature française de la Renaissance, au lieu de perdre mon temps. Je connais mieux les recoins de la Renaissance que ceux de mon sac à main. Quand je montrais mon diplôme, on m'envoyait au diable. J'ai montré mon cul et on m'a envoyée au Mexique : « Enlève ta petite culotte ; allonge-toi. » Clic ! Clic ! Clic ! Quelques photos. « Remets ta petite culotte. Voici ton chèque et un billet de première classe. » J'ai reçu dix mille dollars US pour poser nue. Toutes ces années, j'ai travaillé à enrichir mon cerveau ; c'est mon cul qui a de la valeur. Quelques mois au Mexique. Je vais leur écrire un chef-d'œuvre.

**6 février**

Cher journal, je ne me suis pas beaucoup confiée à toi depuis mon arrivée en ce pays où Maximilien et Charlotte furent le couple impérial de mille huit cent quelque à mille huit cent quelque... Ce n'est pas de la paresse. Je ne voulais pas, cher journal, salir tes pages avec les déchets que les bonshommes jettent dans la cour de ma vie. Côté cœur, c'est-à-dire côté cul. À la discothèque, j'ai rencontré un romantique — du Colorado. Il a descendu les eaux du Grand Canyon en canot pneumatique; il m'a tout raconté. Plus tard, il m'a proposé d'aller faire l'amour dans un canot pneumatique. Un obsédé.

— Pourquoi en canot? ai-je demandé.

— À cause du clair de lune.

J'ai dit:

— Je suis allergique à la lune.

## 7 février

J'ai revu le vieux au marché. Ce vieux con devrait «reposer en paix» depuis la Deuxième Guerre mondiale mais il m'a lancé un regard comme un harpon. Le vieux revenant visait sa cible, sous ma jupe. Pourquoi est-ce que je l'appelle le vieux con? C'est une faiblesse de vocabulaire. Je devrais dire: le vieux délustré. Ce spécimen d'une espèce disparue a dû, à son époque, savoir comment regarder une femme.

Il y avait sur la plage deux ou trois cents barques à cause de la fête de la Santa Maria des pêcheurs. Ils croient que la sainte aux bras ouverts va attirer les poissons. Ces animaux sont moins naïfs que les pêcheurs.

J'ai pris trop de soleil et je ne peux pas descendre à la plage. Il n'y a rien à faire. Pas de télé dans ma chambre. Je ne peux même pas m'emmerder. Mon dos brûle comme si un matou m'avait égratignée entre les omoplates. Alors, j'ai le temps de prendre des notes sur mon excitante odyssée. Quand je serai devenue une vieille conne, je pourrai me lire ces souvenirs effacés de ma mémoire comme de la craie au tableau vert.

En ayant une bonne pensée pour l'enfer de neige où les Canadiens s'efforcent de survivre, j'ai fermé le store pour ne plus voir la baie refléter le soleil.

**8 février**

Et je me suis endormie… Je reprends le fil de l'histoire du vieux. C'était un tableau surréaliste. Était-ce Bruegel ? Fellini ? Buñuel ? Il y avait foule sur la plage. Les Mexicaines portaient leurs robes colorées. Sur l'eau, les mâts des barques oscillaient. D'autres bateaux avaient été tirés sur la plage. Les hommes portaient la chemise blanche et le pantalon noir du dimanche. On voyait aussi pas mal de bedaines de touristes. Ça grouillait dans l'eau et sur le sable. Excepté les mâts des bateaux au sec. On s'interpellait d'une barque à l'autre, de la mer à la plage et de la plage à la mer. Puis on a vu arriver dans la baie l'embarcation qui transportait Santa Maria debout au milieu des fleurs. Elle ouvrait les bras comme si elle avait embrassé un gros poisson. Sauf les touristes, tout le monde s'est jeté à l'eau habillé, pour aller au-devant de la sainte. On était prêt à se noyer pour toucher la barque de la patronne des poissons. Moi, j'étais déshabillée dans mon bikini vert. Et j'ai aperçu une religieuse, le vent dans son costume noir, comme on dirait : le vent dans les voiles. Elle poussait un fauteuil d'infirme dont les roues s'enfonçaient dans le sable comme un couteau dans le fromage. Elle avait du tonus, la nonne. Dans le fauteuil était assis quelque chose de rabougri, de tout blanc, sous un stetson, avec de petits bras et de petites jambes. Ce visage n'avait pas moins de deux cents ans. Et ça vivait encore ! Une face de momie. Sa vieille bouche a eu le sourire de l'homme qui vient d'ouvrir la porte de la caverne d'Ali Baba. La religieuse, qui naviguait à la voile, a poussé le fauteuil roulant dans l'eau. À ce moment-là, le soleil était rond et rose. Le vieil homme s'est levé. Les os tenaient ensemble parce qu'il y avait un peu de peau par-dessus. Et il a plongé dans la mer. Je ne sais pas s'il nageait. Il flottait comme une allumette. Et je l'ai perdu de vue dans la foule.

La barque de Santa Maria a accosté parmi la foule qui chantait un cantique. J'imagine que les poissons suivaient aussi leur patronne. Des pêcheurs l'ont installée sur une sorte de brancard et ils l'ont processionnée. Le clocher de l'église sonnait de toutes ses cloches. Curieuse, comme une touriste, je zyeutais les rites exotiques des autochtones. Et j'ai vu réapparaître le vieux nageur olympique tout mouillé dans sa voiture sport. La nonne qui lui fournissait le *horsepower* piaffait car les roues s'embourbaient. Elle essayait de rattraper la queue de la procession, quelques autres ancêtres vêtus de noir qui n'avaient ni voiture sport ni chauffeur. Soudain, l'homoncule, le mort vivant a sauté de son fauteuil roulant. La religieuse, voile au diable, le suppliait, les mains jointes, de se rasseoir. Le squelette, blanc comme un ver qui aurait passé sa vie sous terre, s'est mis à danser. Ce n'était pas Rudolf Noureïev, mais il cabriolait, gambadait, caracolait. C'était étonnant. Toutes les parties de ce vieux corps bougeaient encore. Il pivotait. Il s'ébrouait comme un chien mouillé secoue son poil. Il tapait du pied. Il tordait tout ce qui avait une jointure. Ses os semblaient mous comme des spaghettis. Comment pouvait-il se tenir debout ? Comment pouvait-il danser, ce vieux cadavre sorti de son tombeau ? Tout à coup, il a commencé à pleuvoir. Le bonhomme a continué à danser. La pluie tombait et pourtant le ciel était brillant comme la lame d'un couteau mexicain. Au lieu d'aller s'enfourner dans l'église, la procession a refoulé vers la plage et, sous la pluie, maintenant, tout le monde dansait. La sainte des poissons aussi, sur son brancard fleuri. La vieille marionnette a été submergée par la foule. Maintenant, la musique surgissait de je ne sais où. Sous la pluie, tout le monde semblait imiter les mouvements du vieil insecte.

— *¿ Qué pasa ?* ai-je demandé. *¿ Qué hay ?*
— Le Canadien a fait venir la pluie.

— Canadien, avez-vous dit?

Cette antédiluvienne limace à ressorts, initiée à la magie céleste, était donc un Canadien. Prise du genre de bouffée de fraternité nationale dont nous sommes victimes à l'étranger, j'ai déclaré:

— Je suis aussi une Canadienne.

Parce que j'avais avoué ce crime, j'ai été saisie par des douzaines de mains et entraînée vers le trône à roues de Sa Majesté. Les pieds dans les fleurs, la sainte essayait en vain de rappeler à la foule que c'était sa fête.

— *Dejenla pasar, es canadiense.*

Ainsi me suis-je trouvée en audience privée, en tête-à-tête avec le pape. Le vieux dinosaure sur roues ne regardait pas mon visage. Il a planté son regard juste à l'endroit où le Créateur m'a nantie d'une petite touffe:

— *What's you' name?*

— Sophie.

— Sophie, s'est-il écrié, montre-moi ta belle *chucha* douce pour que ma mémoire revoie les paysages du Canada.

La religieuse s'est caché le visage dans son voile. À cause de ma maudite bonne éducation, j'avais quasiment du respect pour son grand âge: déjà la mort habitait à quatre-vingt-dix pour cent cette bringuebalante marionnette. Heureusement, j'ai résisté à cet effluve de bon sentiment et je lui ai tout simplement exposé le fond de ma pensée:

— Vous êtes un vieux con.

Assez. Zap! J'arrête d'écrire.

## 9 février

Je suis tannée d'être dans ma chambre. J'ai le visage qui brûle. Malgré les crèmes, c'est insupportable. C'est idiot de se rôtir le visage. Cancer de la peau et pire encore: des rides. Le monde baigne dans la pauvreté, l'ignorance, la superstition, le fanatisme, la soumission, la violence, la pollution, l'érosion, la désertification. Je devrais être triste à cause de la connerie du monde. Mais je pense à moi. MOI MOI Moi… *Shit!* Il n'y a pas d'espoir. Notre bateau-Terre va couler comme le *Titanic*. L'orchestre jouait de la musique, moi je chante : je suis tannée! Je me la ferme.

Dans les circonstances, mon petit coup de soleil, mes futures pattes d'oie autour des yeux, c'est plutôt dérisoire. Cependant, j'affirme qu'une femme a le droit d'éprouver des sentiments futiles. Les hommes ont le même droit. Ce n'est pas la Terre qui souffre d'un coup de soleil. C'est moi. C'est moi qui aurai des rides. Qui deviendrai laide. Alors, c'est moi qui souffre. Si la Terre veut larmoyer dans son journal intime, qu'elle l'écrive. Aujourd'hui, c'est la journée nationale et internationale de la souffrance de Sophie Frisson. Je me confie à toi, cher journal… Y a-t-il quelque chose de plus ennuyeux qu'un journal intime? Oui, un roman.

Pourquoi est-ce que je pense au Mathusalem canadien, à poil comme Gandhi sur les photos, et en train de faire la danse de la pluie? Et il a plu sur notre plage du Mexique. Avec sa danse, il a fait *pleurer le ciel*, comme chante ce braillard de mes deux fesses qui se prend pour un chanteur. La jeunesse est si courte et voilà que j'ai la tête encombrée d'un fossile qui respire encore, d'une poésie moche et d'un chanteur inutile. J'interromps ce bulletin de nouvelles pour mettre de la crème fraîche sur mes brûlures.

### Plus tard, le soir

Il fait nuit dehors. Dans ma chambre aussi. Je ne peux pas sortir. Mon dos ne supporte même pas un coton doux. Il faudrait que je sorte toute nue. Mon dos brûlé pourrait-il endurer alors la brise de la baie? Allons-y carrément : je ne supporte pas l'idée que je pense encore au Divorce. Divorce avec une majuscule, comme dans : Deuxième Guerre mondiale. La Guerre entre mon père et ma mère. Ils se sont fricoté un divorce stupide comme ils se sont fait un mariage stupide, comme ils se sont tricoté une vie stupide, comme ils se cuisineront une mort stupide. En plus, ils m'ont donné une vie stupide. Mordez-vous, les vieux, déchirez-vous si cela met du piquant dans la sauce insignifiante de votre vie, mais ne venez plus, chacun votre tour, me confier vos souffrances quand vous avez senti les crocs de l'autre...

Pour te dire, cher journal, comme mon père est con, sache qu'il est fédéraliste. Si le Québec demeure une province du Canada, mon père pense que sa connerie sera protégée par la constitution. Ma mère, *of course*, est séparatiste. Si le Québec quitte la confédération canadienne, elle pense que sa connerie deviendra un trésor national.

— Vive le Québec libre !

— Vive le Canada libre !

LIBRE ! LIBRE ! LIBRE ! Des curés aux idées courtes ont remplacé les curés aux longues soutanes. Ciao.

**De bonne heure le matin,**
**10 février**

Mon matelas est de braise, impossible de dormir.

Entendu quand j'étais sur la plage :

— *Wow ! Did you see those boobs ! And she reads a book !*

— *Wow ! with those boobs, she does not need to read any books !*

La culture américaine, que c'est beau quand on n'en a pas trop ! Quant au duo qui m'a mise au monde... Si l'un avait chaud, l'autre avait froid. Si l'un avait faim, l'autre était rassasié. Si l'un dormait, l'autre veillait. Si l'un s'amusait, l'autre s'emmerdait. Si l'un lisait la section politique du journal, l'autre la voulait. En voiture, si l'un désirait tourner à gauche, l'autre tournait à droite. L'un buvait son café brûlant, l'autre le buvait tiède. La belle vie de couple. Dix-neuf ans. Quasiment un siècle! Ils ne s'entendaient même pas sur la date de leur mariage. Comment ont-ils pu se mettre d'accord pour me fabriquer? Ma mère a dû attraper un spermatozoïde égaré par hasard. Quand je faisais mes devoirs d'écolière, ils ne s'entendaient pas sur la somme de deux et deux. Quand je m'habillais en bleu, mon père aurait voulu me voir en vert, ma mère en jaune. La belle vie! Ma mère n'a jamais dormi une seule nuit. Elle n'avait que des nuits blanches: «Je n'ai pas fermé l'œil.» Elle ne comprenait pas comment mon père «pouvait dormir comme un ours». Chaque soir, la télévision lui fournissait un motif d'insomnie: tremblement de terre, kidnapping, écrasement d'avion, épidémies, bombes, manifestation, ebola, sida, guêpes tueuses, fermetures d'usine. Bien sûr, après avoir été toute la nuit responsable du bonheur de l'humanité, elle était d'une humeur terrible, le matin. Pour tous ces désastres, elle blâmait la première personne rencontrée. Mon père prenait la poudre d'escampette tôt à l'aube, pour éviter l'attaque. La belle vie. Je ne veux plus entendre parler de ça. Je ne veux plus entendre parler de divorce. D'avocats. De «combien on t'aime, malgré nos petits différends»... Qui chante: «Quand on est con, on est con...»? Je ne veux plus entendre parler de «comme il a été dur avec sa fille», de «comme elle a été écrasante pour sa fille». Vous chicaner: c'était votre façon de vous aimer. CESSEZ de m'aimer à VOTRE façon. Pourquoi m'avez-vous tirée du néant où j'étais bien? Était-ce pour me faire partager ça? Même au Mexique, j'entends la voix de vos disputes. De vos plaintes. De vos désagréments. De vos mesquineries. Vous me polluez l'air du Mexique. J'aurai cent ans, je serai sourde, vous serez deux squelettes et vos voix blessantes me parviendront encore. C'est aussi à tous ces déchets que j'ai voulu échapper en venant dans ce beau Mexique du tourisme avec la baie si bleue, le soleil si gentil, la plage, le village, le marché, les *mariachis*, toutes ces beautés que je ne vois pas à cause de ce maudit coup de soleil. Je suis prisonnière dans cette chambre noire où je développe le film de ma vie parce que je n'ai rien d'autre à faire. Pourquoi est-ce que je n'entreprends pas mon ROMAN? Enfermé, un auteur peut aligner pas mal de mots en une journée. C'est ainsi que Balzac a accouché de tant de briques. Avec sa grosse face, il devait être lui aussi sensible aux coups de soleil.

### 14 février, Saint-Valentin

Je me souviens de beaucoup de vaisselle cassée. Mes parents brisaient beaucoup de vaisselle. Les mots d'amour, pour moi, font comme un bruit de porcelaine qui vole en miettes. L'amour est cette chose fragile qui se casse dans vos mains. L'amour brisé ne se répare pas. Je ne connais que l'amour brisé. Chaque jour, mes parents avaient de la vaisselle à mettre en pièces.

Cher journal, je ne crois pas que je pourrai jamais aimer un homme. Je sais qu'on hait l'amour que l'on avait avant de le briser. Je ne veux pas aimer. Je ne veux pas être aimée... *Shit!* je parle comme ma mère. Ne pas aimer. Ne pas être aimée. Je veux seulement baiser. C'est simple comme craquer une allumette. Elle s'allume, elle brûle, elle s'éteint. On n'a pas besoin d'aimer. On ne promet rien. On donne ce qu'on peut. Au moins, on a fermé les yeux et, pendant un instant, on n'a pas vu cette planète désolée où l'on est tous un peu perdus. C'est comme mourir un peu pour revivre un peu. Une citation conne pour mes futures œuvres littéraires complètes: « Faire l'amour, c'est se consumer et renaître de ses cendres comme le phénix. » Je n'obtiendrai pas le prix Nobel avec celle-là.

Hier, cette journée à l'ombre a été la plus longue de ma vie. Écrire n'a pas raccourci le temps. Les écrivains se pâment sur l'écriture : « Écrire, c'est comme faire l'amour. » Pardon, cher poète, si vous préférez la feuille de papier au matelas, vous êtes dangereusement malade. Et je me tartine de crème « revivifiante ».

J'ai pris une douche à l'eau froide. *Ouch !* Les Mexicains n'ont pas le génie de la plomberie. Quand on ouvre un robinet dans ce pays, on ne peut pas prévoir ce qui va en sortir. Leur plomberie ressemble à leur politique.

Maintenant, je veux rapporter trois faits troublants. Hier, j'ai fermé ce journal qui enregistre les frémissements sismiques de mon cœur et j'ai déposé mon stylo à droite. Je ne laisse jamais un livre ouvert, ni un cahier, ni un carnet de notes. Et toujours — depuis toujours —, je dépose mon stylo à ma droite. Pourquoi ? Parce que je le reprends de la main droite. Quand je me suis levée ce matin, mon journal était ouvert sur la table. Le stylo avait été déposé en travers de la page. Et la chaise, une lourde chaise de bois mexicaine avec une ornementation mexicaine, avait été repoussée comme si quelqu'un était venu lire mes écrits. Je sais bien que si on avait tiré la chaise, les pieds de bois auraient crissé sur les tuiles du plancher. La chaîne de protection était encore sur la porte mais j'ai eu, j'ai encore la suffocante impression qu'un regard s'est posé sur les confidences que je t'ai faites, cher journal. Un détail m'a donné la chair de poule. À la dernière ligne que j'ai écrite hier, il y a une correction qui n'est pas, je le jure, de ma main. Une main étrangère a corrigé l'orthographe. Quand je relirai plus tard ce passage, je ne croirai pas un mot de cette histoire qui pourtant m'est arrivée. J'en tremble encore en écrivant. Je m'habille et je me sauve de cette geôle hantée.

**Une heure et demie plus tard**

Coucou, me revoici. Je dois encore me cacher du soleil. Contre le coup de soleil, prendre un bain d'ombre. La dernière page de mon journal : il n'y a pas un mot de vrai là-dedans. Je testais mon talent d'écrivain. D'écrivaine ? Homère était un écrivain. Sappho était une écrivaine. C'est ridicule d'être à l'intérieur quand les fleurs, les petits oiseaux et les beaux garçons sont dehors. Ma consolation : si je continue d'ajouter des lignes et des lignes, je vais devenir écrivain. Écrire, c'est se mettre toute nue. (Baudelaire : « Mon cœur mis à nu ») J'ai déjà démontré certaines aptitudes. Après tous les tremblements de terre, ouragans, tornades, raz-de-marée que j'ai traversés dans l'esquif familial, j'aurais des volumes et des volumes à écrire. Générations présentes et futures, je vous épargnerai cette littérature. Il y a trop de livres dans cette vie. Il y a trop d'écrivains sur la terre. Et il y a trop de moustiques dans ma chambre. Les écrivains devraient être guillotinés pour avoir écrit un deuxième livre. Les poètes devraient n'avoir le droit d'écrire qu'un seul vers. Cela protégerait la planète de la pollution verbale. Heureusement, personne ne lit. C'est peut-être ce qui nous sauve. Un seul livre. Un seul vers. Message reçu ; on a compris. Sartre, Mauriac, Malraux, la Beauvoir étaient les phares de la génération de mes cons de parents. Avez-vous lu une ligne de ces gens-là ? Avec des phares semblables, je ne m'étonne pas que cette génération ait fait naufrage.

**16 février**

D'abord, je vis. Ensuite, on verra. Je suis devenue étudiante en littérature parce que c'est moins fatigant que la gymnastique. Je déteste l'odeur de la sueur : même la mienne. Puis la fac des lettres était voisine de l'école de droit. Il y a quelques beaux mâles dans ce coin. Ces grands bavards sont de petits baiseurs.

Chronique politique : les Étasuniens sont révoltés parce que Monica a fait joujou avec le zizi du président Clinton. Ce sont pourtant des gens passablement tolérants. Leur pollution détruit la couche d'ozone autour de la terre ; ils tolèrent ça. Des nations meurent de faim alors qu'en Amérique, on détruit des surplus de nourriture ; ils tolèrent cela. À des nations décimées par des épidémies, on propose des médicaments à un prix qu'elles n'ont pas les moyens de payer ; les Étasuniens tolèrent ça. Leurs industries permettent l'esclavage des enfants dans les pays sous-développés ; ils tolèrent cela. Mais ce peuple s'alarme quand Monica est trop simplette pour s'apercevoir que le zizi de Bill Clinton n'est pas un cornet de crème glacée. C'EST LA GRANDE AFFAIRE ! Le plus grand événement depuis la guerre de l'Indépendance !

En littérature, c'est plus facile. Puisque tout a été dit, on n'a pas besoin de se casser la tête. Les auteurs font semblant d'inventer mais il y a une vérité permanente : quelqu'un, avant vous, a écrit sur votre sujet. Alors, il suffit d'escamoter quelques mots, de chatonner quelques synonymes, d'insérer quelques citations d'un vieux classique, choisies en piquant une épingle dans la tranche d'un dictionnaire, et VOUS devenez auteur. De toute façon, les profs ne perdent pas leur temps à lire votre prose. Si vous avez un peu de houle dans votre chemisier, votre Socrate vous attribuera une note mieux que passable. Le jour de l'examen, vous enfilez votre jupe la plus courte, vous déboutonnez un peu votre chemisier, vous vous penchez un peu et le prof pensera que vous avez déjà répondu à toutes ses questions. S'il veut tenir vos boules dans ses mains, négociez vos obligations du prochain semestre. S'il vous invite à vous étendre sur son bureau, n'enlevez pas votre culotte avant qu'il ne vous ait signé une attestation de doctorat. Quand vous serez à poil, pensez que vous ferez carrière. C'est facile, la littérature.

Je sors. Je n'en peux plus de rester enfermée comme une robe dans un placard. Je me fous un doigt de crème sur le visage, je me couvre comme un oignon et je sors. À moi le Mexique! Avec ma peau qui brûle, je vais prendre garde à ce que personne ne se frotte à moi. Vœu de chasteté. Ceinture de chasteté. Chevaliers de la braguette, vous n'obtiendrez pas la clé! *Sister* Sophie, c'est moi. Je ferme le ministère des Relations internationales. Avis à l'Allemagne, à la Belgique, à la Hollande, à l'Australie! À cause de ce maudit coup de soleil, je suis « la veuve, l'inconsolée », comme disait ce vieux pédé le Nerval.

**17 février**

Enfin dehors! On m'a indiqué une plage, de l'autre côté de la baie, où personne ne va. J'ai fait de l'auto-stop. Un vieux pick-up qui pétait une fumée noire m'y a déposée. C'était désert comme la plage de Robinson Crusoé. Il n'y avait pas un Vendredi caché dans les papyrus, pas un bateau échoué, pas un touriste, pas un crabe. J'ai encore pensé à ma vie. Je ne sens pas que c'est *ma* vie. On dirait que c'est la vie des autres. Je veux trouver *ma* vie. J'ai fui la vie qu'on m'a donnée. C'est pourquoi je suis au Mexique: pour trouver ma vie. Je me suis enfuie parce que j'en avais marre d'entendre répéter : « Aujourd'hui, la jeune génération n'a pas de passé, pas de présent, pas d'avenir. »

À la fin de la plage déserte, des enfants jouaient devant une cabane. Pas de murs, seulement un toit de branches et quelques tables. On grillait du poisson. Quelques gros hommes palabraient en buvant de la *cerveza*. En grignotant des calmars. J'ai demandé qu'on m'en fasse frire quelques-uns. Quelle vie: venir au monde pour être ébouillantés dans l'huile. J'ai commandé une bouteille de vin. Je n'aime pas boire seule. Mais des tocards comme Hemingway, Fitzgerald, Henry Miller sont devenus fameux pour avoir raconté qu'après avoir bu comme des cochons, ils pissaient comme les chutes du Niagara. Quand, à mon tour, je serai un écrivain (une écrivaine ?), je dirai seulement qu'en buvant le vin, je regardais la mer qui se déroulait comme un vieux film déjà vu cent fois. Et je me disais que je ne suis pas encore née. Je me demandais : qu'est-ce qu'il faut faire pour avoir une vie ? (*Get a life!* comme ils disent. *How can one get a life?*) J'avais envie d'une baise derrière une dune. À la fin, j'aurais pu m'écrier comme George Sand : « Me voilà *sfagata* ! » Malheureusement, je suis encore toute barbecuée par ce maudit coup de soleil. Ces gros bœufs ventrus marinés à la *cerveza* ne m'excitent pas. Pourtant, j'aime le peuple ! Pourquoi baiser ? Après, je me sens triste. Cet épais vin mexicain me rend pessimiste ? Ne te laisse pas abattre, ma fille ! À la porte du monde, la vie est débordante de merveilles.

### 18 février

Quand on n'a rien à dire, ce n'est pas la peine de se tordre les méninges pour en extraire le jus de quelques mots. Peut-être devrais-je profiter de ma panne sèche pour me plaindre des garçons. Parce qu'ils vous ont baisée, ils pensent avoir conquis la lune. Et ils oublient d'envoyer des fleurs.

### 19 février

J'ai revu le vieux Canadien et sa *black nun*. L'air d'être mort depuis trois jours. Mais il tétait un gros cigare cubain. Sa nonne le poussait comme s'il était vivant. Le vieux christ est ressuscité car, deux heures plus tard, quand je suis passée devant une buvette, il était assis sous les acacias avec des Mexicains qui l'écoutaient. Son histoire semblait intéressante car personne ne buvait. Ses mains battaient comme des ailes. Pourquoi noter ça ? C'est plus facile de décrire une pièce archéologique que les roulements cadencés de la mer. Il y a probablement plus de choses à dire d'un vieil imbécile que d'un jeune. Il était coiffé d'un calot de matelot avec des rubans qui tombaient sur sa nuque. Ma mémoire est un entrepôt plein de choses inutiles : les conseils de mes parents, les matières enseignées à l'école, les souvenirs d'enfance, les nouvelles à la télé, les articles des journaux, les livres, les confidences des amis, les justifications psychologiques, les moi-je-pense-que… Ma mémoire est un dépotoir. Voilà. C'est ce que je fuis. Je hais ceux qui sont responsables du fait que je me sens comme un dépotoir. Comme a dit ce pète-sec de Saint-Denys Garneau : « C'est eux qui m'ont tuée… » Pourquoi, à vingt et un ans, me sentir comme un cimetière ? C'est à cela que je veux échapper. Aujourd'hui comme à quatre-vingt-dix-neuf ans, je voudrais me sentir comme un jardin. Est-ce interdit à une fille de se sentir comme un jardin ?

P.-S. Je suis contente de cette dernière ligne. Ma journée n'a pas été inutile.

P.-P.-S. Henry James disait qu'un écrivain est une personne « *on whom nothing is lost* ».

### Un peu plus tard

Qu'est-ce qui me pousse à noircir tant de lignes ? Moins j'ai de choses à dire, plus j'écris… Je n'ai pas envie d'aller à la discothèque, ce soir. J'irai plutôt me promener le long de la mer, les pieds dans l'eau du ressac qui s'étiole sur le sable en murmurant : *shit, double shit !* Je prédis que quelques bronzés vont venir m'offrir la compagnie de leur beaux corps mais je vais m'esquiver. Seuls m'intéressent les mystères de la nuit et de la mer qui se frottent la bedaine l'une contre l'autre. Un jour, un beau méchant

pirate descendra de sa barque pour me kidnapper. Je vais
crier un peu : au secours. Il va m'emporter sur son voilier,
me ficeler au mât de la grande voile. *I'm a nice catch, I must
say…* Quel grand dépotoir que ma petite cervelle.

**20 février**

Le vilain pirate ne s'est pas montré. Je suis allée au lit
comme une vieille fille frustrée. À mon réveil, j'ai analysé
ma peau brûlée comme on étudie une carte géographique
avant de se mettre en route. J'ai décidé de sortir. Je suis
comme l'eau des vagues : je finis toujours par aller m'écraser
sur le sable. Je me suis presque endormie : le visage, la poitrine, le ventre, les jambes aplatis sur le sable chaud comme
sur le corps d'un beau garçon. On ne bouge pas. Bientôt, les
sons semblent lointains. On se sent un peu étourdie. On est
partie à la dérive. On glisse comme un bateau sur une mer
calme. On s'éloigne de son propre corps. On flotte dans l'espace comme un nuage. De belles pensées viennent caresser
votre âme. Subitement, j'ai pensé à mon coup de soleil et je
suis allée me jeter à l'eau. La vague, avec sa mâle vigueur,
était quasiment glaciale. Au diable la mer ! Je me suis rha-
billée et j'ai marché vers le village où sévit une épidémie de
tourisme. Les marchés sont moins sinistres que les musées
où les objets embaumés ont l'air plus morts que morts. Un
marché, c'est une cathédrale de vie. C'est la cathédrale de
l'urgence de la vie. Le désordre de l'urgence. Ces mots ont-
ils un sens ? Je ne sais même pas si je me comprends. Comme
un vrai philosophe, je chiale un peu et quelqu'un, plus tard,
trouvera probablement le sens.

*Dear diary*, je dois te rapporter ceci : je me suis arrêtée à
la buvette sous les acacias, près du marché, pour boire
deux ou trois margaritas. Ça a meilleur goût que la misère.
Ah ! malheureuse touriste que je suis ! Il me faut oublier
mes chagrins. Enfant déchirée par le divorce de ses géni-

teurs, mal élevée, mal instruite, lâchée sur la planète parmi la génération des sans-rêve, des sans-espoir, il faut bien que j'endorme un peu ma peine de vivre, que j'engourdisse « la douleur que j'ai, que j'ai ».

Dans un coin, un cercle de Mexicains, à tout moment, éclataient de rire comme s'ils n'avaient rien d'autre à faire de leur journée. J'étais curieuse. Pourquoi ? Pourquoi me suis-je intéressée à des rires d'hommes indolents ? Je me suis retournée et j'ai aperçu, au-dessus de la tête des Mexicains, le voile noir d'une religieuse. C'était la nonne du vieux chimpanzé en fauteuil roulant. Le vieux Canadien. Encore sur mon passage. Il m'a aperçue car, de sa petite voix rouillée, il a crié quelque chose. Je n'ai pas bien entendu, mais les Mexicains autour de lui se bidonnaient. Le cercle des courtisans s'est ouvert et Sa Majesté est apparue, rayonnante. Je suçais le pourtour salé de ma coupe. Me suis-je sentie intimidée par tant d'hommes ? Je n'aurais pas dû. (Maudite bonne éducation !) Je faisais semblant de ne pas le regarder, mais je le voyais à travers le rideau de mes cheveux. Les yeux du vieux fantôme me fixaient. Je sentais son regard froid sur ma chair comme si un cadavre m'avait suivie de ses yeux morts. Il a pointé son doigt vers moi et je l'ai entendu :

— Cette enfant-là est belle comme une fleur qui attire les papillons…

Mauvais mime, le vieil ancêtre des cons a commencé à battre des ailes comme un poulet déplumé. Je rougissais jusque dans ma petite culotte. Le vieux papillon sans couleur a ajouté :

— Cette belle enfant m'a oublié. Elle ne se souvient pas que nous nous sommes rencontrés dans une vie précédente. Sa *chucha* était belle comme la rose de la Mignonne de Ronsard. Ah ! belle enfant, montre-moi ta *chucha* pour que je me souvienne de ma jeunesse.

J'ai répondu :

— Au diable le passé ; c'est l'avenir qui m'intéresse.

— Alors je vais te raconter l'avenir.

— On n'a pas d'avenir. Les vieux ont tout ruiné.

Sans retirer son cigare du coin de sa bouche, la vieille poire a éclaté de rire :

— Cette belle enfant n'est pas encore née et elle se croit morte.

Il s'est levé de son fauteuil. M. Élégance fin de siècle ! Une casquette des Yankees sur la tête, une veste de pyjama rayée, des bermudas ornés de drapeaux britanniques. Comme un prédicateur ridicule, il a décliné de son filet de voix le sermon que voici :

— Elle dit qu'elle n'a pas d'avenir ; pourtant il y a le passé, et le passé revient toujours : le passé, c'est l'avenir ! Elle dit qu'elle n'a pas d'avenir ; pourtant, il y a la terre. Tout ce qu'il y a dedans, au-dessus et en dessous. Et il y a la mer, qui est un secret aussi immense que le ciel, et il y a le ciel, qui est aussi vaste que l'ignorance des humains. Elle dit qu'elle n'a pas d'avenir, quand des millions d'hommes et de femmes se cherchent pour que la vie continue. Elle dit qu'elle n'a pas d'avenir, quand il y a la lumière, les étoiles, les oiseaux et Dieu qui n'existe pas encore. Moi je dis : il n'existe rien d'autre que l'avenir. L'avenir… Pilote, emmène-moi ailleurs !

« Pilote » : c'était à sa pousseuse de fauteuil qu'il parlait. Une religieuse qui a l'air d'un forban plus que d'un ange. Le vieux squelette rabougri s'est enroulé dans sa couverture.

— Pilote, je ne veux pas rester là où l'on croit qu'il n'y a pas d'avenir. Si on dit qu'il n'y a pas d'avenir, alors on dit qu'il n'y a pas d'éternité. Je ne veux pas entendre ça.

Le fauteuil a pivoté vers la sortie. Le vieux prédicateur a pointé son doigt vers moi :

— Belle enfant, tu vas me supplier bientôt de te parler du passé. Bientôt, tu vas croire à l'avenir. Tu vas me supplier de te parler de l'éternité. L'éternité est ici, dans cette seconde.

Et, son voile noir comme le deuil agité par la petite brise, la religieuse a disparu avec le vieil homme. Sa cour s'est dispersée et je suis restée à la buvette. Je dois avoir bu cinq margaritas.

**21 février**

Journée vide comme une boîte à surprise sans surprise. Si, quelque part, un avion s'est écrasé, ce n'était pas dans ce bled. Donc, rien d'extraordinaire, ni même d'ordinaire. Mais le soir… Je vais noter ce que j'ai vu, mais je ne suis pas certaine d'avoir vu ce que j'ai vu. Ce n'est pas logique d'avoir vu ce que j'ai vu. Je n'avais fumé aucune herbe magique. Mon ciboulot n'avait été exposé que modérément à l'astre d'or. J'étais éveillée. Si j'étais un peu ivre, ce n'était que de mon ennui. Donc, je suis allée marcher sur la plage et je me suis dit : « *Shit*, j'aurais dû me trouver un job au lieu de venir m'emmerder dans ce paradis pour écrire le chef-d'œuvre du millénaire. » La lune était cachée quelque part. Au lieu d'être noire, cependant, la mer était plutôt blanchâtre. Je me demandais : « Comment la mer peut-elle refléter la lumière de la lune si la lune n'est pas là ? » Troublante question que se pose parfois l'intelligence humaine. Le ciel mexicain était tout de même pailleté d'étoiles. Je marchais lentement. La langue de la marée montante venait me lécher les pieds. J'étais seule. Peu d'aventuriers nocturnes. Quelques vieux couples nostalgiques qui auraient aimé refaire ce qu'ils ne pouvaient plus… La nuit était encore jeune.

De l'autre côté d'une dent de rocher, j'ai aperçu, oui, l'inévitable corbeau. La nonne au voile gonflé comme si

elle allait prendre le large poussait le fauteuil roulant de
Son Excellence l'épine dorsale. Elle poussait, la pauvre
esclave, de toutes ses forces, les pieds calés dans le sable,
car les roues s'empêtraient. J'avais envie de l'aider. Ce
n'était pas de mes affaires. Je voulais m'approcher de ces
deux-là. J'en avais tellement envie que je me suis dit que
c'était anormal d'être ainsi attirée. Je suis restée en retrait.

Maintenant, je note ici ce que j'ai observé. Je souligne
en rouge : je n'ai pas imaginé cela. Je n'invente rien. Je
n'imagine rien dans le but de rendre ce journal intéressant.
J'insiste. Je n'imagine rien pour rendre intéressante ma vie
plate. Voici ce que j'ai vu.

La robe noire de la nonne se découpait sur la nuit. Elle
a cessé de pousser le fauteuil du gnome. L'esclave a cessé
d'esclaver comme un bœuf. Comme éjecté de son fauteuil
par un ressort, le Pinocchio rabougri a été projeté dans la
frénésie d'un squelettique fandango. Son dentier tenait lieu
de castagnettes. En ombres chinoises sur la nuit bleue, je
voyais ses bras, ses jambes s'agiter comme si les os étaient
lâchement enfilés sur des ficelles. Cela dansait comme les
petits bonshommes d'os d'un célèbre film de l'Office national du film. Le pantin, manipulé par un marionnettiste qui
n'était pas très habile, semblait avoir toutes ses ficelles
emmêlées. Pourtant, la vieille sauterelle sautillait comme si
les grains de sable avaient été des charbons ardents. Il s'ef-
forçait d'arracher son corps à la nuit comme si elle avait été
du goudron bleu. Il se trémoussait comme un trépassé qui
veut sortir de l'enfer pour passer deux minutes de vacances
sur la terre. Subito presto — ainsi disent les auteurs de littérature enfantine —, la lune est apparue, ronde comme
une pièce de monnaie dans la main d'un mendiant. Aussitôt, la vieille loque s'est rassise. Les mains jointes, il a con-
templé la lune qu'il avait fait venir au-dessus de la mer.
Voilà ce que j'ai VU. Quand je serai âgée, je raconterai

encore cette vision. Personne ne me croira. Je douterai de ma
mémoire… Alors, je reviendrai vers toi, cher journal, comme
vers un ancien amant, pour retrouver le temps perdu. Vraiment ? Il y a trop de vieux papiers sur notre planète.

Puis ça a été plus fort que moi, j'ai fait ce que je ne voulais pas faire. J'étais attirée par le petit monstre, intriguée
par le miracle de la lune apparue ; sans mon consentement,
mes pieds ont commencé à marcher sur le sable. Sans le
vouloir, sans y consentir mais sans m'y opposer, je me suis
dirigée vers le petit bouddah osseux. Je n'avais rien à lui
dire. Je ne préparais pas ma première phrase. J'étais seulement attirée. Et je me suis trouvée près de son fauteuil
roulant. La lune a commencé à se dissoudre dans la nuit, à
s'y enfoncer ; les ombres se sont mélangées à la lumière,
puis l'astre a coulé comme un caillou dans un étang. Tout
a été revêtu d'obscurité. Et le vieux capitaine échoué sur la
rive a dit de sa voix de souris enrhumée :

— Montre-moi ta *chucha* et on n'aura plus besoin de la
lune !

Vieil obsédé ! Tout ce que j'ai rapporté ici est véridique.
Je certifie que je suis encore saine d'esprit. C'est ainsi que
les événements se sont déroulés, comme on dit à la télé.
Pourquoi est-ce que je relate ça ? Pourquoi est-ce que je suis
si énervée d'avoir vu un vieux fantôme qui dansait sous la
lune ?

Je dois me rappeler que je suis libre, que j'ai du temps
devant moi, que je veux mettre en chantier le grand livre
du siècle et que je veux polir mon espagnol dans ce
Mexique où je n'ai rencontré que des Allemands, des Nor-
végiens et quelques Américains ennuyeux comme la banlieue de Cincinnati. Heureusement qu'il y a le vieux Canadien dans son fauteuil roulant et sœur Turbo qui assure la
propulsion… Cette sœur volante n'a pas plus d'ailes qu'un
cheval de trait.

## 22 février

Señor Viagra fréquente le bordel. Je suis passée là par hasard. Dans une petite ville, on arrive toujours à l'église. Tout près, se trouve le bordel. À côté des oraisons, l'amour! On monte les marches d'un escalier usé pour atteindre la *plaza* devant l'église. À gauche d'un jardin aussi fané qu'une vieille pute, il y a un hôtel. Les filles peuvent simplement traverser le jardin pour jeter aux pieds du curé leur sac de péchés et renouveler leur provision de bénédictions. Des femmes, dans le jardin, se précipitaient vers l'église. Impossible de savoir si elles étaient de la profession allongée ou faisaient partie des dames de la bourgeoisie. Quelle snob je suis! Moi aussi, je m'allonge comme les professionnelles ou les bourgeoises, quand c'est nécessaire… *Per la Madonna!*… L'auto sport du vieux Cro-Magnon est garée devant le bordel! Mes aïeux! Un jour, il va clamser. Une de ces belles va recueillir son dernier soupir. Peut-on savoir ce qu'il y a dans la tête d'un vieux dinosaure? Peut-être son rêve est-il de s'endormir entre les bras grassouillets d'une pute dodue? Si jamais il me dit encore: « Montre-moi ta *chucha* », je vais lui déclencher un éclair de peau qui va foudroyer son vaisseau spatial sur roues.

## 23 février

J'ai parlé à ma conne de mère. Elle a juré qu'elle se pêcherait un deuxième homme. Elle m'a dit: « Jamais je ne pourrai oublier ton père mais je vais lui montrer que je peux le remplacer. » Elle a dit aussi: « Je ne suis pas encore vraiment vieille. J'entame l'automne de la vie. (*Shit!* avec une mère qui parle comme ça, comment pourrai-je devenir écrivain?) L'automne est la belle saison. C'est à l'automne que les fruits sont beaux. Ton père préfère les tendrons de ton âge, sortant à peine de leur emballage cadeau. Profite de ta jeunesse. Plus tard, tu découvriras comme moi qu'il est trop tard. Au fond, les hommes savent que les femmes de mon âge, dans leur automne, sont capables de quelques petites délicatesses qu'elles ont fignolées pendant toute leur vie… Sais-tu ce que je lis ? C'est un petit livre de cent vingt-deux pages, *La pêche aux hommes*. »

Je me demande pourquoi je note les niaiseries maternelles. C'est dans ces eaux-là que, petit poisson dans mon bocal, j'ai grandi. ¡ *Mierda* ! Il faut que j'aie la tête bien vide pour me la remplir du bric-à-brac de ma mère…

(*Time out.*)

Je reviens d'une promenade sur la plage, les pieds dans l'écume de la mer qui monte. Les étoiles étaient si belles que je les entendais briller. C'était bon de marcher comme sur un fil d'eau entre deux abîmes : au bord de la nuit et au bord de la mer, entre la nuit et la mer, sur une fragile bande de sable qui fuyait sous les pieds comme la réalité devant l'intelligence humaine. Des images me sont revenues : le vieux ver de terre qui dansait à côté de son fauteuil. Et la lune est apparue comme une pizza qu'on se fait livrer. (Non, je ne peux avoir VU ça !) C'était bon de songer à la magie de l'étrange vieillard. La vieille côtelette est un Canadien. Je m'en fous. Allons à la discothèque. Il n'y a rien comme la musique pour faire oublier que le monde a besoin d'être expliqué. Bonne nuit, cher journal.

Je reviens. Après avoir soigneusement verrouillé ma porte pour me protéger de cette bande d'Allemands qui voudraient explorer le Canada, je note vivement cette idée qui m'est venue pendant une *tune* : comment se fait-il que notre génération sente qu'il n'y a pas de place pour elle au début de ce siècle ? Les générations précédentes ont-elles aussi ressenti leur inutilité dans le monde où elles arrivaient ? À la maison, nous étions aimés, même quand nos parents guerroyaient ; nous nous sentions aimés même quand pleuvaient leurs grenades verbales. Puis nous avons décampé, chacun voulait suivre son propre chemin. Et nous avons découvert que le monde n'a pas besoin de nous. Notre génération est superflue. Faudrait-il, au début de ce siècle, partir comme des immigrants vers une autre planète ? Faudrait-il imiter les ancêtres qui ont quitté leur triste Europe pour venir reprendre vie au Canada, qui était alors aussi éloigné qu'une planète étrangère ?

Je vais parler avec ce Canadien qui doit être né avant la découverte du Canada en 1534. Les Français étaient si bornés qu'ils ne se sont jamais aperçus que les Indiens avaient découvert ce territoire bien avant eux. En même temps que la France découvrait le Canada, les Amérindiens découvraient les Français. Pourquoi alors ne lit-on pas dans les manuels d'histoire : « La France fut découverte par les Indiens en 1534 ? » Je suis contente de ces quelques lignes. Il me semble que j'ai deux ou trois petites choses à raconter. Bon.

Je dois l'avouer : cette vieille écrevisse sur roues m'intéresse. Pourquoi ? Ou bien je m'emmerde ou bien je suis passionnée de préhistoire. Autour de la vieille ruine, ai-je envie d'entreprendre des fouilles archéologiques ? Pourquoi ai-je envie d'aller à la recherche de son temps perdu au lieu de dévorer *mon* temps ? Le vieux mille-pattes m'aurait-il jeté un sort ? S'il a le pouvoir de faire pisser le ciel mexicain et de faire obéir la lune comme un petit chien blanc, peut-être sait-il aussi attirer l'attention d'une jeune fille ? Je vais lui parler.

**24 février**

Je n'ai pas osé lui parler. Pourquoi ? Allait-il à l'église ou au bordel ? L'air impatienté, il agitait ses petits bras et ses petites jambes dans sa Formule 1. Je crois qu'il demandait à sa nonne d'accélérer. Il sait que je suis curieuse de lui. C'est bête, mais je sens des fils entre lui et moi. Non, je ne crois pas à cela. Je vais sortir de cette chambre pour retrouver la clarté de la vie logique sans les ombres de la fiction. Ou bien ces vacances sont mortelles et mon imagination invente quelque chose pour m'empêcher de dépérir ; ou bien je remplis les lignes de ce journal parce que je veux écrire. Pourquoi irais-je glaner les divagations d'un vieux détritus du siècle dernier ?

Je suis intriguée par cette vieille chenille sans poil qui tète un cigare planté entre ses gencives sans dents et qui se fait voiturer par une chouette noire qui ne hulule pas. C'est surréaliste. Je sais bien que le surréalisme sert à vendre de la mayonnaise. Cependant, je suis sensible à ce qui n'est pas conformiste, à ce qui est inhabituel, à ce qui me demande de regarder au moins deux fois, à ce qui n'est pas ennuyeux comme le reste de la vie qu'on nous a planifiée, concoctée, managée... Maudite littérature. Pourquoi me suis-je réfugiée dans cette fabrique de soupe artificielle ? Est-ce que j'aurais peur du monde réel ? Est-ce que je me suis cachée dans la littérature parce que je n'ai pas envie de quitter l'utérus maternel ? Est-ce que je m'enfonce dans la littérature parce que j'aime me poser des questions inutiles ? Alors, pourquoi pas la musique ? « Le monde sera sauvé par la musique. » Dostoïevski. *Shit.*

C'est plus fort que moi : je dois parler à ce petit homme préhistorique. Souvenir de théâtre, quand j'allais à l'école, à Ottawa : l'acteur Albert Millaire était tombé d'une planète. Et il voulait y retourner à bicyclette...

Je vais aller me faire bronzer. J'ai découvert un bout de plage où il n'y a jamais personne, sauf un gros caillou. À l'abri de ce rocher, je peux me libérer de mes vêtements et laisser le soleil faire ce qu'il veut de mon corps.

## 25 février

Il me pourchasse, la vieille ordure. J'étais étendue derrière mon gros caillou. Je me laissais dériver au soleil. Je ne pensais à rien. Ni aux petits empereurs du Canada ni à ces célèbres cons responsables de la Connerie internationale. Ni à cette conne de vie qui vous annonce : je n'ai pas besoin de toi ; j'ai déjà rempli mon quota de jeunes filles de belle apparence, ayant le sens du défi et respectant les valeurs valables… (La langue française recense l'adjectif *énergisant* mais pas le verbe *énergiser*. Bande de cons de Français ; au siècle de l'énergie, vous n'êtes pas foutus d'inventer le mot *énergiser* ? Pas étonnant que votre langue se meure !)

Donc, je dérivais au soleil comme une feuille sur la mer quand je me suis sentie touchée. Par un regard. C'est ainsi, j'imagine, qu'une baigneuse sent sur sa chair l'ombre du requin qui passe. J'ai ouvert les yeux. À quelques pas de moi, avec sa nonne, le vieil Abélard me considérait comme si j'avais été le Pérou. Mon requin n'avait plus de dents. Je me suis levée, je me suis enroulée dans ma serviette. Sous son stetson cabossé, un chicot de cigare était planté dans son visage millénaire. Sa petite voix, qui criaillait comme les charnières rouillées d'une vieille porte de sous-sol campagnard rempli de diables, de revenants et de chauves-souris, a lancé :

— Fillette, montre-moi ta *chucha* pour que je me rappelle les fleurs de mon pays natal !

— Vieux cochon, tu devrais plutôt penser à tourner les yeux vers le ciel avant de mourir.

La nonne a protesté par un signe de croix convaincu. Elle a une grosse main, la nonne. Le vieux fantoche attendait sérieusement que je laisse glisser ma serviette. Il attendait comme le client à la caisse attend sa monnaie. S'il commande à la pluie et à la lune, peut-être s'imaginait-il qu'il est aisé de faire tomber la serviette d'une touriste. Je me suis recouchée sur le sable. Avant, je ne sais pourquoi, j'ai pris le temps de faire onduler toutes les courbes que le bon Dieu a modelées sur mes os. Quand on a les yeux clos, la

mer est encore plus belle. La vieille échalote devait me contempler. J'ai rouvert les yeux pour le surprendre. C'est con,
très con, conissime, mais les filles font ça. J'ai été désap-
pointée. La vieille sauterelle, au lieu d'admirer le chef-
d'œuvre de chair sur le sable, boitillait vers la mer. Il a
plongé, il a nagé et il s'est mêlé à une tribu de dauphins. Je
me suis levée. Difficile de distinguer qui était dauphin et
qui était la vieille ordure flottante. La nonne était plantée
sur la plage comme une statue endeuillée.

La vieille sardine est revenue au bord. Un rocher battu
par les siècles qui passent devient majestueux ; un homme
battu par le temps devient pitoyable. Il a braillé :

— Une jeune fille bien éduquée comme toi n'a aucune
raison de refuser de montrer son cul à un vieil homme.

C'était pitoyable. Est-ce que je serais un peu cruelle ?
Est-ce que j'ai voulu l'agacer encore ? J'ai dit :

— Vous pourriez en mourir !

Le vieux criquet a repoussé son cigare et mis son index
devant ses lèvres :

— Chut ! On ne prononce pas ce mot devant la mer, ni
dans la lumière du jour.

Cette fois, il méritait la torture :

— Vous avez peur de la mort ?

Irrité, le vieux coq à perruque noire a fait cocorico en
frappant de ses deux mains les roues de son fauteuil :

— J'ai des roues, moi. Si la mort se montre à ma porte, je
déguerpis. Sur mes roues, je peux aller plus vite que Jacques
Villeneuve dans sa BAR. La plupart des Terriens ont aussi
peur de vivre qu'ils ont peur de mourir. La peur de vivre ? Je
ne l'ai jamais connue. Et je n'ai aucune peur de mourir. Seulement, avant de fermer les yeux, j'aimerais mieux voir ta
belle *chucha* douce que la face de ma bonne sœur.

Offensée, la religieuse s'est empressée d'esquisser un
autre signe de croix comme si son geste pouvait effacer les

mots de la vieille queue de rat obsédée. Avec l'air espiègle d'un enfant à qui on demande de se repentir d'un mauvais coup qu'il a eu tant de plaisir à réussir, il a tourné la tête vers la sainte femme :

— Pardonnez-moi, ma sœur. Je sais que vous allez me pardonner car je vais léguer tous mes biens à vos bonnes œuvres... La mort ?... Le seul pas qu'il vaille la peine de faire, c'est celui qui mène vers l'inconnu. La mort, c'est une forêt inconnue. Je suis prêt à m'y égarer. Aussi bien mourir que de vivre sans inconnu.

J'ai senti à cet instant que le vieux monstre était un être humain. Cette sensation était bonne.

Il m'a fait une conférence que j'ai écoutée jusqu'à la fin :

— Je hais les frontières mais elles m'ont toujours donné un plaisir nerveux quand je les ai franchies. Chaque personne rencontrée est une frontière à passer. Par exemple, je ne sais pas quel pays je vais trouver derrière toi... Chaque livre, chaque nuit, chaque matin, chaque désir, chaque regret est une frontière à passer. La vie est une frontière à passer. La mort aussi. Quand le spermatozoïde jaillit de la nuit, il a brusquement franchi sa première frontière...

Comme pour écouter ses paroles enregistrées sur un ruban, il s'est tu. Puis, l'air un peu confondu, il a dit :

— Quand j'étais encore vivant plutôt que d'être un cadavre bavard, je me demandais pourquoi on se préoccupe tant de l'endroit où l'on sera après la mort et si peu de l'endroit où l'on était avant la naissance.

Et il a tourné la tête vers sa pousseuse de fauteuil :

— Ma sœur, ramenez-moi au bordel, je suis fatigué.

Je lui ai dit en guise d'au revoir :

— Il faudrait parler du Canada.

Il a riposté :

— Le Canada ! Le Canada ! Je ne voulais pas qu'on m'enterre dans ce sol-là. J'y aurais frissonné de septembre à juin.

La nonne s'esquintait à pousser le fauteuil enlisé. J'ai entendu le vieux matamore la persifler :

— Ma sœur, ne soyez pas si jalouse parce que j'ai demandé à la petite de voir sa *chucha*. Je demanderais de voir la vôtre si vous en aviez une.

**26 février**

C'est mortel ici. J'aurais dû aller ailleurs. En Grèce. Au Portugal. En Thaïlande. Je suis vraiment nulle si je laisse ce vieux poulet envahir ma vie. (On a étudié à l'université une pièce d'Ionesco, où il y a un cadavre qui se gonfle au point de déborder par les fenêtres.) Quand je fais le compte des pages que j'ai barbouillées, je me dis que je suis en train de devenir un écrivain. Maman ! je ne veux pas.

Est-ce que la vieille échouerie me poursuit ? Je l'ai re-vue à la buvette sous les acacias. Il m'a parlé le premier :

— Ma belle enfant, je te promets de ne plus jamais te demander de me montrer ta petite *chucha* douce. JAMAIS. C'est un serment. Même si je ne te demande rien, j'aurai toujours envie de la voir.

Pour me débarrasser de lui, j'ai dit :

— Pensez à autre chose ; ce serait meilleur pour votre cœur.

Il a éclaté de rire et s'est tapé sur le ventre comme si j'avais fait une blague bien drôle :

— J'ai léché la vie avec passion comme un amant lèche le corps de son amour. Et me voici sans souvenir. J'ai lu des livres. Empilés les uns sur les autres, ils formeraient une montagne et tu ne verrais pas la mer derrière. Pourtant, si tu me demandais de te parler d'un seul personnage, je serais muet comme un illettré. Des papiers disent que j'ai fait la guerre. Ne me demande pas de raconter : je n'ai aucun souvenir de ce temps. Comment se fait-il que ma mémoire ne fonctionne pas ?… Belle enfant, pourquoi restes-tu là à écouter ma complainte ? Tu devrais aller jouer avec les dauphins là-bas. Au diable le passé ! Moi, qui suis plus ancien qu'une vieille église mexicaine, je parle avec la plus belle fille du Canada (*puta*, c'était moi) et elle m'écoute. Sauve-toi, petite.

J'écoutais. J'écoutais bêtement. J'écoutais. Et le vieil acteur déclamait :

— Je n'ai jamais dormi seul. Ces nuits sont effacées comme si je ne les avais pas vécues. Ces vingt mille belles femmes se sont toutes enfuies de ma mémoire pour me punir. Les poètes m'avaient persuadé qu'un homme ne peut oublier le nom d'une femme. J'ai oublié toutes les femmes que j'ai aimées. Et je les ai toutes aimées. J'ai promené ma petite queue de mortel angoissé, de corolle en corolle, comme une abeille dans un jardin. Et je ne saurais dire le nom d'aucune fleur.

À la fin, j'ai tourné les talons. Je l'ai laissé à sa baby-sitter. J'ai écrit ces notes avant d'aller à la discothèque. Je consigne dans mon journal ce qui m'arrive car il m'arrive QUELQUE CHOSE. Le vieux sorcier aux trois dents m'a-t-il jeté un sort ?

**27 février**

Me voilà tout empêtrée dans la vieillesse. Je ne vais tout de même pas laisser cette araignée préhistorique tisser sa toile autour de moi. Je ne me suis pas réfugiée au Mexique pour me faire chatouiller par les prosopopées d'un vieux cadavre qui a pris congé de son cimetière. J'avoue que je suis hantée par ce spécimen d'une espèce disparue comme je devrais l'être par un beau garçon. Qu'est-ce donc que m'a fait mon couillon de père pour que je sois attirée par ce restant d'homme ? Est-ce que j'aurais un appétit macabre pour la viande avariée ? Je cours à la plage. Je veux vérifier si j'ai encore du goût pour les garçons qui ne sont pas centenaires. Hier, à la discothèque, aucun ne m'intéressait.

**28 février**

Rien n'attire tant les garçons qu'une fille sur la plage lisant un livre. À cause du livre, ils se sentent braves : « C'est un bon livre ? » ou bien : « *It's funny*, ma sœur est en train de lire le même livre… » C'est ainsi que, normalement, les choses se passent. Qui est-ce que j'ai vu apparaître ? La vieille abeille et son dard est venue se joindre à quelques beaux garçons curieux de littérature. *Shit !* Qui s'intéresse à la littérature, aujourd'hui ? Et moi, belle connasse, j'étudie la littérature. Aussi bien à dire : je ne suis étudiante en rien. En serais-je là si mes crétins de parents ne m'avaient pas dégoûtée de la vie réelle ?

Ma cour était formée de quelques Mexicains bourgeois comme leur père ; ils avaient tous étudié aux États-Unis. Quand le vieux gnome est apparu dans sa Batmobile, ils l'ont reçu avec un plaisir affectueux. Et une sorte de respect attendri. Ils le connaissaient tous. L'un des Mexicains, qui, comme les autres, ignorait que j'avais déjà rencontré le vieil homoncule, m'a présentée à lui :

— Elle est canadienne comme vous.

Normalement, j'aurais dû me trouver une excuse pour détaler. Au lieu de m'évader, j'ai demandé au survivant de la guerre des Boers (fin XIXᵉ siècle) :

— Le Canada est un grand pays ; où êtes-vous né ?

Sans effort, j'ai écouté sa réponse. Un roman :

— Je ne sais pas où je suis venu au monde. Lieu de naissance inconnu : on disait encore ça sur mes papiers officiels quand ils n'étaient pas faux. Mon père d'alors faisait de la prospection minière dans le Grand Nord canadien, dans une région qui n'avait pas de nom. Dès qu'il entrevoyait une occasion de devenir riche, il déguerpissait ailleurs. C'était chercher qui l'intéressait, non pas trouver. Il a déposé un peu de sa semence dans le ventre de la jeune cuisinière qui faisait les crêpes à la cantine des prospecteurs. J'aurais été baptisé par un missionnaire catholique qui passait par là. Un prospecteur d'âmes à sauver. Mon père était déjà ailleurs. Alors, on m'a coiffé du nom du Canadien français qui avait pris le bébé en même temps que la cuisinière : Lamothe. Oui, c'était mon nom. Ma mère, la cuisinière, était paraît-il une Sauvagesse. Elle ne voulait pas que je m'appelle Joseph comme un Blanc. Elle a dit au missionnaire : « Si, dans votre religion, une mère n'a pas le droit de donner à son fils le nom de son ancêtre, je ne prierai jamais votre Dieu. » Avec la bénédiction du missionnaire, je me suis devenu Grand-canot Lamothe.

» Pendant que mon nouveau père était parti explorer une pointe de terre où certains avaient vu briller des pépites grosses comme des cailloux, ma mère a été saisie d'une attaque soudaine d'atavisme. Elle s'est enfuie pour aller à la chasse à l'ours avec un compatriote indien, me prêtant à un couple de Polonais. Ces gens étaient si bons qu'ils m'auraient nourri s'ils avaient eu quelque chose à manger.

» Je parlais le polonais comme ma langue maternelle quand s'est présenté au campement un ayatollah. Lui, il ne cherchait pas d'or. Ni de diamants. Ni de cuivre. Il prospectait dans le secteur, en quête d'une source commune aux langues humaines. Il venait comparer la langue arabe aux dialectes autochtones. Il a demandé : "Y a-t-il des musulmans dans ce bout du monde ?" Personne n'avait jamais aperçu cette sorte de gibier dans la toundra. Alors, il a évalué les adultes avec pitié et il a demandé qu'on lui amène les enfants. J'étais le seul qu'ils pouvaient se mettre sous la main. Ils m'ont amené à lui. L'ayatollah a chuchoté dans mon oreille droite : "*Allāh akbar !*" Dès ce moment-là, j'ai appartenu à l'ummah d'Allah, la grande famille musulmane. Ensuite, il m'a rasé la tête. Mes parents ne comprenaient pas pourquoi Allah voulait couper si ras ce que le bon Dieu faisait pousser si dru sur mon crâne. Quand l'ayatollah a demandé qu'on baisse ma culotte pour examiner mon zizi, mes chers parents, de nature méfiante, se sont dit qu'ils avaient affaire à un bien vicieux personnage. Quand ils l'ont vu aiguiser son couteau, ils ont estimé qu'il était encore plus dangereux que vicieux et ils lui ont foutu une raclée sans se préoccuper de la vengeance d'Allah. L'ayatollah a déguerpi sans avoir approfondi le mystère des agrégats de la langue arabe et des patois autochtones. Quelques mois plus tard, on s'amusait encore à se raconter le court passage du fervent musulman. Mes parents ont reçu les documents du gouvernement qui leur apprenaient que j'étais Abdul-Karim Kostrowicsky. Cela signifie "esclave du Généreux".

» Ma mère naturelle et son compagnon ne sont jamais revenus de la chasse. Mes chers parents adoptifs polonais ont décidé de quitter ce pays de mines où ils ne trouvaient que de la misère noire. On a marché pendant des jours et des jours jusqu'à un endroit où passait un train. Ensemble, on a attendu le train. On n'avait rien à manger. Le froid nous faisait oublier la faim. Je sentais que jamais auparavant ils ne m'avaient autant aimé. Quand le train est finalement arrivé, ils m'ont embrassé avec des larmes qui tournaient en glace. Ils ont pris le train et m'ont laissé là.

» Envoyé par Dieu, sans doute, un rabbin descendait du train quand mes chers parents adoptifs y montaient. Il était à la recherche de la tribu perdue il y a des milliers d'années. Il m'a aperçu, pâle, maigre, affamé, mais aimé ; il a considéré mes cheveux noirs, mes yeux, avec une curiosité pondérée. Étais-je l'un des enfants de ses ancêtres qui se seraient aventurés dans ce pays aride comme le désert pour chercher de l'or ? À la fin, il ne pouvait me laisser là, le long du chemin de fer dans la toundra ; je pouvais être un descendant de la tribu égarée d'Israël. Il m'a demandé si j'étais circoncis. Je ne savais pas ce qu'il voulait dire. Il m'a demandé de baisser ma culotte. Comme l'autre saint homme. Il a préparé son couteau. Comme l'autre saint homme. Malheureusement, mes parents adoptifs n'étaient pas là pour lui foutre une raclée. J'ai expliqué qu'un autre saint homme avait déjà voulu me circoncire mais que mes chers parents adoptifs polonais avaient refusé de lui céder un bout de mon territoire. Le rabbin a été attristé : "Ces Polonais sont des païens. Je vais te donner du *gefiltefish* et du *halla*." J'ai demandé si c'était quelque chose à manger. Il a dit oui. Alors, je me suis laisser circoncire. J'ai braillé comme s'il m'avait ouvert le ventre... Mais au diable la souffrance ! Pour la première fois depuis longtemps, j'ai mangé plein mon ventre. À cet instant, j'ai reçu le nom de Mordichai Gold. Pourquoi Gold ? "Je ne sais pas si la tribu perdue a trouvé de l'or dans cette terre aride mais j'ai retrouvé un de ses enfants. Un enfant est plus précieux encore que l'or", a déclaré le rabbin.

» Finalement, quelqu'un m'a envoyé à l'orphelinat. Les religieuses catholiques voulaient savoir où j'étais né. Je ne le savais pas. Je ne savais pas si j'étais indien, catholique, musulman ou juif. Je n'avais pas de parents pour remplir le formulaire. Craignant que je ne sois qu'un misérable païen, les religieuses ont voulu assurer mon salut éternel en m'obligeant à prier trois fois plus que les chrétiens.

» J'ai reçu cinq noms différents, j'ai été initié à quatre religions différentes et j'ai eu cent vies. Comme je ne suis pas encore mort, le gouvernement du Canada me verse cinq pensions de retraite pendant que le shaman dans sa tente, le missionnaire dans son église, l'ayatollah dans sa mosquée et le rabbin dans sa synagogue prient pour mon salut. Cinq pensions ! pour l'ancien combattant ! (Ici, le vieux roublard s'est esclaffé, amusé de sa tricherie.) C'est pourquoi je vis comme un roi à la *Casa de las putas* où les filles me croient millionnaire…

» Et je le suis… J'ai vécu cent vies… Les Mayas, quand ils étaient un peuple libre, arrachaient à la terre tout ce qu'elle pouvait contenir. Ils avaient cependant appris que la terre exigeait qu'ils lui retournent tout ce qu'ils lui avaient pris. Ils remboursaient son prêt généreux avec du sang humain, qui a plus de valeur que l'or.

» Ce sera bientôt l'heure de rembourser la terre des cent vies que je lui ai soutirées. Ce sera bientôt le moment de donner mon sang. Je suis peut-être un vieux Maya oublié. Et il ne reste plus beaucoup de sang dans ma vieille carcasse… Alors, que l'on m'apporte du *vino tinto*, ¡ *por favor* !

Les Mexicains écoutaient le vieux hâbleur comme s'il avait été Montezuma en personne revenu au pays des vivants. Moi aussi, j'écoutais, amusée. J'admirais ses pirouettes d'anecdotes. Qu'est-ce qui m'arrive ? Je dois m'emmerder dans ce bled. Fini. Je ne parle plus de cette vieille grenouille. Je repars à la chasse. Robe rose. Ouverte dans le dos. Je suis doucement dorée.

**Un peu plus tard**

Je ne veux pas oublier ce que la vieille barbe sans barbe a dit sur les Mayas. Dans leur langue, ils utilisent le même mot pour dire « Dieu », « sang » et « âme », et presque le même mot pour dire « soleil » et « rêve ».

Le vieux a dit aussi : « J'ai une grosse dette envers la terre. Je vais la rembourser mais le plus tard possible. À mon dernier soupir, je veux être comme un tacot très démodé qui a dévoré trop de kilomètres. Sa dernière goutte d'essence ne peut lui permettre qu'un discret dernier râlement… »

Je note tout ça. Je transcris, je transcris les faits et gestes mirobolants d'un vieux chevalier. Et qu'est-ce qui arrive à mon roman que je suis venue chef-d'œuvrer sur la côte mexicaine? Cher journal, tu me fais commettre des infidélités.

Je vis comme une veuve. Allons à la disco! Me souvenir que j'ai vingt et un ans. Je viens de compter le nombre de pages que j'ai noircies. *Shit!* Est-ce que je me prendrais pour Balzac?

### 1ᵉʳ mars

Juillet est loin mais il y a pas mal de fleurs ici. Il est tard. Il est tôt. C'est le matin. Les étoiles vont aller dormir. « *The heaventree of stars hung with humid nightblue fruit.* » (Une belle miette de l'œuvre de Joyce; je ne connais que des miettes du monde.) Ah! ces bonnes margaritas... Je reviens à toi, cher journal, pour enregistrer, consigner les événements fantasmagoriques de ma vie fabuleuse. Depuis mon arrivée, je me suis frottée à quelques Allemands, à un Australien, un officier de la Sûreté du Québec, un candidat au concours de Monsieur Amérique, un Belge... Et ce Danois... Et une souris ver-r-r-te! Je raconterai ces chapitres palpitants de ma biographie quand je serai devenue un écrivain célèbre en panne de sujet. En fait, ce sont des histoires sans intérêt. Les vierges doivent avoir plus de plaisir.

Quand on a eu des parents comme les miens, comment une certaine sérénité viendrait-elle s'installer comme un oiseau dans son nid? Je suis pleine de broussailles épineuses et mon âme est tout égratignée. Ah! que je déteste pleurer sur moi-même. Allez! *Chin up!* Sophie Frisson, tu n'es pas à ton enterrement! Tu es en vacances. Non, tu es venue écrire un best-seller et tu n'as pas encore le moindre soupçon d'hypothèse d'une idée de projet... Sophie Frisson, tu ne deviendras pas le Hemingway de ta génération si tu n'entres pas dans ton ordinateur le premier mot de ton roman... *That's it!* Je pontifie comme mon prétentieux de père.

Voici la liste officielle des petits plaisirs qui ont fait palpiter mon cœur : plage, shopping, bains de soleil (ici avec soutien, là sans), plongée sous-marine (les poissons vous regardent comme les garçons à la discothèque), dérive sur un matelas pneumatique jusqu'à ce que le *lifeguard* vous rappelle la menace des requins, chevauchées sur un long boudin de caoutchouc tiré par une chaloupe à moteur, pêche en haute mer durant laquelle mon estomac s'est retourné comme une poubelle ; j'ai tout de même attrapé un poisson qui ressemblait à mon père. Le paradis ! Ne cherchez plus le paradis ; il est dans ce bled près d'Ixtapa. Ces vacances sont moches comme une journée passée avec mes parents.

Et il y a cette vieille sauterelle qui me regarde avec des yeux comme s'il venait au monde... Quelle belle conquête quand il y a encore plus de beaux garçons que de cactus ! Parfois, je me sens comme si j'en avais assez de ma jeunesse. *Shit !* voilà que je pense comme la cervelle ralentie de ma mère : « Tu verras, on se fatigue vite d'être jeune. »

Il m'est cependant arrivé quelque chose. Pour abreuver ce qui me reste d'âme, je suis allée écouter la réflexion majestueuse de la mer, contempler l'éternité du ciel, respirer le parfum de la brise qui descend des collines, caresser la douceur de l'obscurité et me délecter de la nuit, ce beau fruit juteux que le bon Dieu dépose chaque jour sur la table des vivants. J'étais seule. Personne aux alentours. Quelle extase que de poser ses pieds dans la mer et de se sentir immensément, merveilleusement seule comme la femme qui a, dans la nuit des temps, aperçu la mer pour la première fois. « Ô homme, toujours tu retourneras à la mer. » Ça vient de *Moby Dick*, je crois. Ou d'ailleurs... Oh ! retourner à la mer d'où l'ancêtre a surgi, il y a des milliards d'années, il y a si longtemps qu'on croit l'avoir oubliée ; revoir la mer, sans savoir que la mémoire silencieuse se souvient.

Oh! lever le regard vers le ciel et se dire qu'il est plus profond que toutes les mers emmêlées! Oh! rêver de cette immensité, aspirer quelques bouffées de cet insondable espace pour me sentir moins minuscule sur cette terre! Oh! inhaler un peu de mystère pour oublier l'insignifiance de ma vie! Entre la mer et la nuit, oh! déambuler en me sentant ailleurs que dans cette chienne de vie sur cette putain de terre! Tout en frôlant les ombres de la mer et de la nuit, oh! imaginer qu'il existe autre chose que cette connerie universelle qui détermine ma connerie personnelle! (Merci, petit Rimbaud.)

J'errais, les yeux rivés sur l'obscurité agitée par la mer. Un groupe de Mexicains étaient assis devant la marée montante. J'ai pensé revenir sur mes pas. Dans un pays libre, les femmes ne sont pas toujours libres. J'ai continué, convaincue que la peur ne devrait pas faire de moi une femme peureuse. J'aurais voulu avoir les poings du boxeur Mike Tyson. Ma crainte : autre héritage de ma mère à qui la peur de tout foutait un plaisir orgastique.

Je me suis approchée des *amigos*. Ils étaient autour du vieux hibou sur roues avec sa *hiboutte* noire. Ses yeux étaient rouges du reflet de la lune. Quand il m'a aperçue : «Vous voulez allumer mon cigare?» J'ai dit non. Cher journal, tu ne me croiras pas. Moi-même, je ne crois pas ce que je vais écrire parce que je ne crois pas avoir vu ce que j'ai vu. Pourtant, je l'ai vu. J'en suis certaine. J'ai vu — je n'y crois pas —, j'ai VU, entre ses doigts, une fleurette de feu qu'il a saisie dans l'air bleu du soir. Et ça semblait tout à fait naturel aux Mexicains qui écoutaient le vieux magicien. Il avait tiré cette petite flamme du grand sac noir de la nuit. J'ai VU dans leurs yeux fascinés qu'ils avaient vu la magie s'accomplir. Avec eux, j'ai écouté. Il parlait des guerres qu'il a faites, la Première, la Deuxième, la guerre de Corée, même s'il était trop vieux pour être soldat. Il a triché sur son âge… J'ai écouté. Sa voix est moins chevrotante quand il parle espagnol. Il a traversé trois guerres… Trois misères. Trois volcans qui déversaient la haine sur la planète. Trois volcans qui ont éclaté parce que le cœur des humains craint moins la haine que l'amour.

Trois presque fins du monde. Les humains ont peur. Peur d'eux-mêmes. Je HAIS la guerre. Des gens l'aiment. Comme ils aiment le soccer. Nous nous vantons d'avoir atteint un niveau très élevé de civilisation. Civilisation de mes deux fesses. Nous nous croyons civilisés parce que nous avons des grille-pain électriques dans les cuisines. Parce que nous buvons du cappuccino. Je dis : la civilisation n'est pas encore arrivée s'il y a encore de la guerre. (Je vais mettre cette phrase dans mon best-seller, si je peux m'y atteler.)

Je m'arrête ici. Je ne suis pas faite pour barbouiller du papier à longueur de journée. Je saute dans mon bikini. Essayons le rose.

*Note :* Confession, aveu. Je n'ai pas vu le vieux sorcier cueillir cette fleur de feu. Pure invention, cher journal. Je testais mon génie d'écrivain. Mon talent ? Mon petit talent. Il a allumé son cigare comme tout le monde, avec un briquet.

**? mars**

J'ai revu les Mexicains. L'un d'eux m'a invitée à faire une balade en Seadoo. En moto aquatique. C'est fougueux. Ça vous secoue, ça vous brasse, ça veut vous désarçonner comme un taureau de rodéo. Et c'est bruyant comme une usine. Mieux vaut être sourd pour monter cet animal. Et con absolu. Qui d'autre qu'un roi des cons peut s'amener, dans une baie paisible, sur le dos d'un cheval de fer qui pète comme s'il allait exploser ? Ces engins sont manufacturés au Canada. La connerie a toujours été une grande créatrice d'emplois. Emmerder les oiseaux et les poissons : Bombardier a de l'ambition.

Tiens-toi bien, *caro diario*. Un des Mexicains m'a annoncé que le vieux crapaud est un très grand écrivain canadien. Le señor Oscar del Puente serait UN TRÈS GRAND ÉCRIVAIN. S'il est canadien, il ne doit pas être très grand… J'ai lu pas mal de livres et je n'ai jamais vu le nom du vieux satrape.

Il serait un grand écrivain canadien. *It's an oxymoron.* Mettons qu'il a peut-être écrit… Le vieux monstre excite ma curiosité, je ne me le cache pas. Pourquoi ? Est-on plus vulnérable aux écrivains quand on a étudié la littérature ? Serais-je en train de succomber à un virus littéraire ?

Il est allé trois fois se battre à la guerre. Des guerres plus féroces que les pestes anciennes qui décimaient les villes. Pourtant, il racontait sans emphase. Simplement. Comme s'il avait dit : « Je suis allé pissé trois fois dans la soirée. » Pour être capable de parler aussi calmement de la guerre, il a dû être un fameux soldat. C'est le soldat inconnu. Il s'est enfui de sa tombe officielle pour des vacances au Mexique.

Il était plus excité quand il parlait de ses années de contrebande. Très jeune, quittant le Nord pour descendre vers le Sud, il a sauté de train en train. Il ne possédait même pas un baluchon. Quand il avait faim, il descendait dans un village ou une ville, s'il y avait un village ou une ville, il volait une poule ou lavait la vaisselle ou fendait du bois ou peignait un balcon ou cirait les chaussures ou chantait dans la rue. Dès qu'il s'était rempli la panse, il remontait dans un train de bestiaux qui filait vers les terres inconnues. Soleil cuisant. Pluie qui fouettait. Nuits sous la glaciale lumière des étoiles. Un soir, descendu dans une minuscule gare perdue au Texas, il a atteint sans le savoir la frontière du Mexique. Il avait suffisamment voyagé. Il lui fallait s'arrêter. Quand il est entré dans la gare, son destin l'a interpellé : devenir chef de gare. Chef de cette gare perdue. Il a demandé au vieux chef de gare comment on devient chef de gare. « Je vais t'apprendre... D'abord, as-tu un revolver ? Il te faut un revolver. » Le vieux chef de gare a ouvert un tiroir et il a remis au jeune homme un revolver enveloppé dans un mouchoir rouge. Quelques jours plus tard, sous la férule de son maître, le jeune aventurier prenait part, bien que ce fût illégal, à la libre circulation des biens entre le Mexique et les États-Unis. Des fusils. De la poudre. Des scies. Des haches. Des moteurs. Des parfums français. Du chocolat belge. Des *zapatos* pour les pauvres et des souliers pour les riches. Du tabac de Virginie. Des pierreries d'Oaxaca. Le vieux chef de gare a été tué par des maraudeurs. Alors, il a ramassé sa casquette et s'en est coiffé. Avant même d'avoir vingt ans, il était devenu chef de cette petite gare à la frontière du Texas et du Mexique. Il pouvait tout acheter et tout vendre. Il a survécu aux prédateurs en tirant sur eux avant qu'ils tirent sur lui. C'était la belle vie. Un après-midi, l'armée fédérale est apparue. Il n'avait pas le temps d'attendre le passage du prochain train. Il n'avait pas le temps d'attraper un sac de dollars. Il a sauté sur un cheval et il s'est élancé de l'autre côté de la voie ferrée, qui servait de frontière, sur le sol du Mexique. Les fédéraux l'ont poursuivi mais la nuit a déroulé un rideau entre ses poursuivants et lui.

Une autre aventure. C'était en 1908, assure-t-il. Il a attaché son cheval épuisé à côté d'autres chevaux épuisés. Il ne savait pas qu'il avait atteint la Patagonie. Comme le sien, ces chevaux n'avaient cessé de fuir depuis des jours. Les cavaliers étaient américains. Un étrange trio. Deux hommes et une femme déguisée en homme. Le jeune contrebandier avait appris à lire les secrets des gens. La danse de ce rude trio était trépidante. L'un d'eux s'est approché

du chef de gare en fuite : « *Boy*, on est trois hommes d'affaires. On cherche des terrains à acheter. Sais-tu où il y a de
la terre à vendre ? » Il a tout simplement répondu : « Moi
aussi, je suis en fuite. » Le chef du trio a souri dans sa
barbe. Le contrebandier a ajouté : « Je ne peux pas vous
vendre ma petite gare du Texas parce que les fédéraux
viennent de tout saisir. » Le chef du trio a ri et il a invité le
Canadien à se joindre à eux. Un poulet rôtissait sur le feu.

Je cite les mots du vieux chroniqueur : « À la fin du
repas, j'avais la fourchette du poulet, cet os en forme de *v*,
dans mon assiette. J'ai pris entre mes doigts l'un des petits
bras de la fourchette et j'ai suggéré au chef du trio : "Cet os
décidera lequel de nous deux aura la plus longue vie." Il a
dit : "*Boy*, les Pinkerton ne te connaissent pas aussi bien
que nous." On a joué. L'os s'est cassé. J'ai gagné. Comme si
ce petit jeu avait quelque importance, j'ai montré à mes
comparses le fragment d'os resté entre mes doigts. Et,
comme si c'était très drôle, les trois ont ri. Avant de nous
séparer, le chef du trio m'a dit : "*Boy*, rappelle-toi : tu vas
vivre plus longtemps que Butch Cassidy, le braqueur de
banques, le dévaliseur de trains qui n'a jamais tué personne…" »

Après une pause, le vieux raconteur a poursuivi :
« Quelques années plus tard, à Buenos Aires, j'ai raconté
cet épisode de ma vie à d'autres errants comme moi. Ils
m'ont appris que Butch Cassidy et les membres de son
étrange trio avaient été abattus par les Pinkerton. Oui, ils
ont tué un homme qui n'avait jamais tué un homme. »

Tout à coup, il n'était plus avec nous. Son corps était là,
dans son fauteuil, mais son âme était en Patagonie, quand
il avait à peine vingt ans. Ses yeux voyaient ce qu'ils
avaient regardé il y a tellement d'années… (À suivre.)

**3 mars**

Donc, le vieil Homère qui dévidait sa légende était un GRAND ÉCRIVAIN CANADIEN. Le soldat inconnu de la littérature. Les Mexicains et moi étions, sur le tapis magique de ses paroles, en vol vers le prochain chapitre de son odyssée. J'ai brisé le silence:

— Vous êtes un grand écrivain...

Il s'est tourné vers moi à la façon de quelqu'un qui cherche d'où vient une voix très lointaine.

— Écrivain, a-t-il répété, écrivain..., oui, écrivain... Après la guerre... la guerre mondiale... la première... C'était à Toronto, au Canada. Un ancien soldat américain est apparu avec des médailles. il s'appelait Hemingway...

» Dans notre cercle, on avait tous guerroyé. Ce vétéran était grassouillet. En plus, il se disait poète... Nous, on était allés à la guerre parce qu'on pourrissait d'ennui dans nos villages. On avait voulu être libres. Mais on avait dû obéir à un sergent de mon cul. On était bourrés de vie mais on s'était fait peloter par la mort comme par une vieille pute. On était innocents comme le pain blanc mais on avait été blessés, démolis, bombardés. Nos amis avaient été tués. On buvait de la bière mais on avait soif de sang. On était désappointés d'être revenus vivants. On savait qu'on ne serait plus jamais libres. On resterait toujours empêtrés dans nos barbelés de ce temps-là. Ce prétendu poète de l'armée américaine, avec ses décorations de pacotille accrochées sur le cœur, n'a pas dû faire beaucoup de tort à l'ennemi. Il ne savait pas tirer. La preuve: quelques années après cela, il visait une corneille mais il s'est envoyé une balle dans la tête.

» Moi, j'avais déjà vendu neuf mille trois cent trente-trois exemplaires de mes *Poems for Rain and Sunshine*. Pour survivre, Hemingway est devenu la bonne d'un fils de bourgeois. Pas fier de porter un tablier, il racontait à la ronde qu'il était un champion boxeur. À l'époque où je sautais de train en train, je boxais dans les saloons de l'Ouest américain. Si j'allongeais mon adversaire, on me servait un repas. Si j'étais rossé, j'allais laver le sang sur mon visage dans l'abreuvoir des chevaux et je jeûnais jusqu'à la prochaine victoire. À dix-neuf ans, l'appétit est vaste. J'avais faim. Je cognais.

» C'est à la Légion canadienne que j'ai rencontré le soldat Hemingway avec sa ferraille. Le prétendu poète n'avait pas un seul livre à montrer. Il n'était que la bonne, sans son tablier, d'un fils de bourgeois. Il se flattait d'une histoire qu'il allait vendre bientôt pour une grosse poignée de *dough*. Je lui ai parlé de mes *Poems for Rain and Sunshine*. Quand on aime, souvent on ne sait comment le dire ; ma poésie mettait des mots dans la bouche des amants. Je les vendais aux femmes, de porte en porte, comme un vendeur de brosses, quand les hommes étaient au bureau. Je me présentais comme un soldat-poète. Elles m'écoutaient. Souvent, après avoir acheté le livre du poète, elles se sentaient honorées d'inviter au lit un héros de guerre. Un poète. Leur mari ne leur lisait jamais de poèmes au lit… Neuf mille trois cent trente-trois exemplaires vendus… Ça ne semblait pas devoir s'arrêter. Hemingway se torturait les méninges à tricoter une histoire… Je lui ai donné quelques conseils : "Ne leur raconte pas tout. Dans mes poèmes, je leur en dis le moins possible. Ne leur montre que la pointe de l'iceberg…" Il a parlé de cela plus tard.

» La boxe ? Hemingway boxait comme une bonne d'enfants. Une fois, pendant qu'on s'escrimait, je lui ai dit qu'il boxait comme un fifi. Le compliment lui a déplu. Pendant une bonne semaine, j'ai eu un œil violet comme une betterave.

» Belle enfant, tu m'as demandé si j'étais un écrivain. Oui. J'ai trop écrit… Montre-moi ta *chucha* pour que je me rappelle la flamme de la chandelle dans ma chambre de bonne à Paris, où j'écrivais des poèmes, alors que la guerre était finie et que je n'étais pas sûr de vouloir toute cette paix nouvelle.

Le vieux pape a raconté bien d'autres histoires mais je m'interromps ici. Je veux vivre un peu. Va au diable, cher journal! Plutôt: *Buona notte!*

## 5 mars

Hier, une belle journée passée à ne pas écrire. Je suis allée flâner au marché. J'ai acheté une assiette qu'une femme assise par terre peignait avec ses pinceaux, qu'elle trempait dans des pots de couleurs alignés contre ses jambes. Elle dessinait la mer, une sirène, des dauphins sauteurs, des palmiers, des cahutes au toit de paille, des roses, un âne portant un homme coiffé d'un sombrero, des cactus. Depuis sa petite enfance, sans doute, elle a répété le même dessin, probablement assise dans la même cabane, là où elle a toujours vu sa mère reprendre les mêmes dessins, sa jupe tirée sur ses genoux, nu-pieds comme elle aujourd'hui. Je n'étais pas sûre de vouloir une de ses assiettes. Ses motifs ont perdu leur naïveté à force d'être répétés. Je lui ai demandé si elle m'inventerait un dessin spécialement pour moi. Elle m'a lancé dans les yeux un regard bien intense pour une femme timide, puis elle s'est recueillie et a commencé un dessin: d'abord, des palmiers, la ligne ondulée de la mer et, au bord, un petit bonhomme dans un fauteuil roulant. Je n'en croyais pas mes yeux! Quel pouvoir de divination a cette femme?... Mexique magique! Peut-être le vieux barde fait-il partie du paysage comme les vagues et les palmiers?

Soldat, boxeur, poète pour les amants qui n'ont rien à dire. Je me rappelle une autre des aventures qu'il m'a racontées. Il était devenu un colporteur de produits exotiques. Il vendait un onguent pour prévenir les blessures, des vitamines pour la mémoire, un parfum extrait de la bouse des vaches sacrées de l'Inde, béni par un brahmane, qui avait le pouvoir d'attirer l'âme sœur. Ce parfum fleurait la jonquille, paraît-il.

C'est à New York qu'il avait été forcé d'abandonner son métier de colporteur. Il avait vendu sur la Cinquième Avenue une fiole d'une potion concoctée, paraît-il, par des moines tibétains vierges : « Avalez trois gorgées trois fois par jour, sept jours de suite puis, le neuvième jour, rappelez-vous bien, le neuvième jour au matin, dès le réveil, étendez les bras ; ils seront devenus des ailes et vous aurez le pouvoir de voler à la manière des oiseaux. »

Un de ses clients appliqua à la lettre la posologie suggérée. Sept jours de suite, il ingurgita trois fois par jour le liquide magique. Il prévint tous ses amis de son décollage prochain. Ensuite, il attendit l'aube du neuvième jour. Quand le premier rayon du soleil traversa sa fenêtre, le client ouvrit la fenêtre, étendit les bras comme prescrit et, du trente-troisième étage, il s'envola. Au lieu de monter vers le soleil, il s'écrasa sur le trottoir. On recherche le colporteur qui avait vendu l'instrument du crime ; il était connu, il paradait dans le quartier avec des filles, rayonnant comme s'il avait inventé le printemps. Les policiers frappèrent à sa porte. Ce n'était pas la première fois que le bonimenteur entendait les policiers défoncer sa porte. Police ! Ce mot lui donnait des ailes. Sans avoir suivi son traitement à l'huile qui fait voler, sans attendre le neuvième jour, il s'esquiva par la fenêtre. Il avait la sagesse d'habiter au rez-de-chaussée…

Assez. Je m'évade de la prison des mots. Je vais faire ce qu'il y a de plus con au monde. Je vais retrouver les gens du Seadoo, je vais faire beugler ce stupide hippocampe de fer pour écœurer le ciel. Au lieu d'aller galoper sur les vagues, je devrais commencer ce maudit roman si je veux le finir. Proverbe yiddish : *Si tu te trouves à la croisée de deux chemins, choisis le moins irritant.*

**Plus tard**

Un groupe allait faire de la plongée sous-marine. Ils m'ont invitée. Je suis allée avec eux. Si je pouvais choisir de ne pas être une femme, je voudrais être un oiseau. Voler, ce serait chouette. Monter dans le ciel, planer, rien sous les pieds, ce doit être comme faire l'amour dans l'éternité. Nager, c'est autre chose. C'est ne pas savoir où l'on est. C'est se trouver au beau milieu d'un mystère qui vous écrase. C'est se perdre dans une beauté troublante qui vous enserre. Ça vous fait peur. C'est sentir la mort tout près dans l'ombre. C'est comme retourner avant sa naissance dans le ventre de sa mère. Mon cœur cognait comme il cogne parfois quand, tard dans la nuit, je suis seule, que la rue est vide et que j'entends, derrière moi, des talons marteler le trottoir, et que je sens la nuit s'accrocher à mon manteau. Sous l'eau, c'est comme avant la naissance. C'est comme après la mort. C'est comme être dans un beau rêve, quand soudain deux mains vous empoignent aux chevilles pour vous tirer vers le fond. C'est se colleter avec la terreur de cet inconnu qui bouge.

Il y a beaucoup de poésie cette nuit. Je ne peux pas fermer le robinet. Nager sous la surface, entre les algues, les coraux, les bancs de poissons ennuyés par la présence des plongeurs, ou indifférents, c'est comme se trouver au centre du temps immobile. Pendant que je nageais, l'idée m'est venue d'écrire un article sur le vieux revenant.

Je devrais te rapporter autre chose, cher journal. L'autre soir, le vieux Chronos nous a expliqué qu'il n'y a pas de passé, pas de mort, pas d'avenir ; seule existe la vie qui se brasse comme la mer. Tout n'est que du présent. Je ne me rappelle plus comment il a formulé cela. Par sa manière de dire, nous avons été persuadés qu'il avait raison. Il nous a assurés que ceux que l'on appelle morts parlent. Si on veut les écouter, on peut aussi entendre la voix des gens de l'avenir. Il n'y a pas de vieillesse, pas de jeunesse. Il n'y a que la vie. *Shit !* Pourquoi est-ce que je ne peux pas me rappeler ses mots exacts ? Ils n'avaient pas l'air insignifiants comme les miens.

*Note* : le vieux Shakespeare manqué aurait écrit à ce sujet une brochure dont le titre serait quelque chose comme *Sept mots de passe pour entrer au royaume noir et dialoguer avec les défunts* (je ne me souviens pas exactement du titre espagnol). Je vais me faire bronzer un peu. Mes seins ont encore l'air malade.

Une interview du vieux barde pour le magazine *L'actualité* : pourquoi pas ? Ils ont besoin de matériel. L'autre jour, chez le dentiste, j'ai butiné un article sur les fonctionnaires du gouvernement du Québec qui font partie de sectes religieuses. Fonctionnaires, péquistes et cons : certains n'ont pas de chance dans la vie. Je vais interviewer le vieux chroniqueur. À la Biblioteca, on m'informe que le señor del Puente a écrit trois cent trente-trois livres. Si un auteur est encore inconnu après avoir écrit trois cent trente-trois livres, il est certainement canadien. *Leila tov !*

**16 mars**

« *Era la agonía de una tarde rubia.* » Après l'amour, un peu trop de margaritas. On a parlé de musique. Juan est beau. On le dirait descendu en jeans d'un panneau publicitaire. Son père est ministre de quelque chose en Espagne. Sa famille l'a éduqué pour qu'il devienne musicien de concert. Depuis cinq générations, un membre de sa famille est violoniste dans l'Orchestre symphonique de Madrid. Par tradition, la chaise du premier violon appartient à sa famille. Tout petit, Juan a vu à la Puerta del Sol, à Madrid, des gitans. Il a se sont mis d'accord : l'un d'eux devait s'immoler dans les flammes. Lequel ? Chacun a trouvé une excellente raison de se défiler et une meilleure raison pour livrer quelqu'un d'autre aux flammes. Et la chicane a repris… Subitement, un tout petit dieu, nain, vieux, recroquevillé, a plongé dans le feu. Les autres l'ont regardé grésiller comme un morceau de lard. À sa grande surprise comme à la grande surprise des autres dieux, il est ressuscité. Il a recommencé une nouvelle vie. Il était devenu le Soleil… Aussitôt, j'ai revu le vieux nain, l'écrivain, tout en os, presque sans corps, devant le feu sur la plage, ses amis autour de lui qui l'écoutaient. Ressemblance fortuite ?

Cher journal, je dois te parler du calendrier des Aztèques. Il est gravé sur une grosse pierre comme ces pierres à moudre le grain des moulins anciens. Le calendrier est un labyrinthe inextricable de dentelle en cercles concentriques. Les quatre points cardinaux, marqués clairement, pourraient aussi rappeler les quatre précédentes créations du monde. Pourquoi quatre ? Dans la nuit des temps, le monde a été quatre fois détruit : par un méchant jaguar, puis par un vent très violent, par une pluie acharnée et par un grand déluge. Dans les entrelacs du calendrier, est inscrite l'histoire des catastrophes, l'ombre des forces destructrices. Dans son labyrinthe, chaque signe est enfermé dans un cercle, un carré, un triangle, où aucun autre signe ne peut pénétrer. Tous les signes sont prisonniers du temps. Circulaire, le temps roule. Au centre des signes impénétrables, des catastrophes révélées, des peurs racontées, de la terreur sacrée, au centre de cette menaçante cosmogonie, règne le visage circulaire du Soleil. Impérial. Chassera-t-il les ombres sur le mystère des choses incomprises ? Sera-t-il englouti par la nuit ? Toute cette inquiétude est figée dans la pierre. L'éternité est cette pierre qui roule sans s'user. Le Soleil, au centre de ce Chaos ordonné, tire la langue.

remarqué dans leurs yeux du feu comme si leur musique s'y était reflétée. Jamais Juan n'avait vu ce feu dans les yeux des musiciens dans le salon familial. C'est ce qu'il m'a raconté. Faut-il croire ce que dit un homme ? À cet instant-là, il a décidé de ne jamais s'asseoir sur une chaise de l'Orchestre symphonique de Madrid pour jouer avec des bonshommes guindés et des bonnes femmes pète-sec. Il voulait le feu de la musique dans ses yeux. Depuis, il parcourt le monde. Quand il en a envie, il s'arrête au coin d'une rue. Son archet pirouette comme un équilibriste sur un fil. Et la musique se change en feu dans ses yeux et se reflète dans ceux des passants qui se sont arrêtés. Voilà ce que Juan m'a raconté.

Trop de margaritas. Juan fait l'amour comme il joue de la musique. Ensuite, il ronfle comme un violoncelle. Incapable de dormir, je pensais à ce feu que la musique de Juan allume dans les yeux des passants. Que c'est beau : un être humain qui donne de la lumière ! Quand la majorité des gens s'appliquent à distribuer leur merde à la ronde. (Cher journal, tu remarqueras que je ne mentionne pas ici le nom de mes chers parents.)

Quant à moi, est-ce que j'allume un feu dans les yeux des gens ? Quand les garçons se frottent à moi, quelques étincelles jaillissent, mais je parle d'autre chose que de ça. Pendant que Juan ronflait, je songeais à cette lumière dont il parle, et je me suis sentie triste. Éteinte. Dans un roman, Roch Carrier compare la vie d'une personne à une étincelle dans la nuit du monde. Joliment dit. (C'est peut-être de Jacques Poulin.) Si la raison d'être d'une étincelle est de briller, je ne brille pas. Je ne peins pas, comme Juan, du feu dans les yeux des passants.

*Shit !* c'est faux. (Il faut que j'arrête de dire *shit !* Trop souvent, c'est aussi mauvais que pas assez.) Quand ils m'aperçoivent, les hommes ont une étincelle dans leurs pupilles. Mon squelette est passablement bien habillé de chair; ça n'est pas ce dont je veux parler. Ce corps permet de prendre de belles photos (qui se vendent à bon prix) mais, cher journal, je suis aussi éteinte que toi, quand tu es enfermé entre tes deux couvertures, au fond d'un tiroir. Toi et moi, on n'est pas brillants. Si mon étincelle ne brille pas, alors qui suis-je? Un brin de cendre? C'est dégoûtant. *Shit!* À l'époque catholique de mes grands-parents, il paraît que tout le monde devait s'écraser sur le plancher de l'église quand le curé criait: «Vous n'êtes que cendre et poussière.» Je suis triste comme la cendre… J'ai la faim d'une étoile, d'une galaxie de soleils…

Et je n'ai pas commencé à bâtir mon best-seller… Ai-je vraiment l'envie de briller? Dans le vaste et vide Canada, un écrivain ne brille guère. Que vaut une page de prose comparée à une aurore boréale? Journal, mon amour, c'est triste de se sentir triste…

## 17 mars

En allant acheter des fruits dans le beau désordre coloré et parfumé du marché, je suis passée devant la *Casa de las putas*. Juste à ce moment, le vieux cow-boy est apparu sur sa monture à roues, poussé par son Sancho Pança à cornette. Cigare à la bouche, il tétait avec le contentement d'un homme qui serait l'empereur du monde et autres colonies. M'a-t-il aperçue?… Il n'a pas réagi. Pourtant, il s'excite comme s'il découvrait le Pérou quand il aperçoit deux tétons passer.

Cependant, ce matin, le vieux fauve m'est apparu comme une gerbe d'os mal ficelés. Quel jugement! La jeunesse est dure mais elle est jeune!

Les passants allaient avec leurs paniers, leurs sacs, leurs outils; j'observais leurs souliers usés, leurs pieds déformés, leurs jambes boiteuses. Même parmi eux, je me sens loin d'eux. Dans une vie parallèle. Au Mexique, il y a

toujours une autre vie. Les anciens habitants et leurs dieux vivent cachés dans la lumière actuelle. Au Mexique, les dieux font encore de la magie. Si on ne les voit pas, c'est que la lumière du Mexique éblouit.

Je me suis arrêtée dans une échoppe où l'on vend des millions de boutons multiformes et multicolores. Pourquoi une telle diversité dans la création de boutons? À quel principe l'intelligence humaine obéit-elle en inventant, de manière si inutile, tant de formes différentes de boutons? Sous les boutons, dans un coin, j'ai trouvé quelques brochures: mauvais papier, mauvaises illustrations, couleurs maladroites. J'en ai acheté une: *Dios y catástrofes*.

Quetzalcóatl, le Serpent à plumes, plus connu dans le monde que le président du Mexique, est le Créateur de l'humanité… Il n'y a pas de quoi te vanter, mon cher Quetz! Heureusement, Quetzalcóatl a aussi trouvé le premier grain de maïs. Cette culture est devenue la base de l'alimentation des Indiens. Cependant, le Serpent à plumes ne pourrait se vanter de sa découverte s'il n'y avait eu cette fourmi. FOURMI! La brochure m'est tombée des mains.

Te souviens-tu, cher journal avec qui je passe trop de temps à m'épancher, quand j'ai vu le vieux sacripant parler à un défilé de fourmis? Et dans cette brochure achetée par hasard, une fourmi guide le plus grand des dieux vers son plus grand miracle! Voilà une coïncidence rare. Ce n'est peut-être pas une coïncidence. Il y a du mystère autour de ces vieilles *cojones*. Serait-il le Serpent à plumes déguisé en vieillard dans un fauteuil roulant? Bien sûr que non… La vie est trop compliquée. Allons jouer dehors!

## Plus tard

Je reviens à la brochure. Avant la création du monde, les dieux du ciel étaient réunis autour d'un feu dans la nuit qui régnait alors sur l'univers. Après s'être chamaillés, ils

Après toutes les autres, cette extraordinaire coïncidence me trouble, cher journal. Le Soleil tire la langue comme la vieille idole dans son fauteuil roulant. Le vieux clown tire à tout instant la langue comme le Soleil aztèque.

Les dieux, affirme la brochure, habitent la terre du Mexique. Quetzalcóatl ! Je n'ai jamais cru au Dieu de mes parents, qui ne croyaient pas au Dieu de leurs parents ; vais-je m'émouvoir devant des dieux de la préhistoire ? Pour terminer, une prière rapide : Seigneur, si Tu croyais en moi, je croirais en Toi. Seigneur, je suis un peu perdue dans l'univers. Même si quelqu'un est allongé sur moi, je me sens seule.

**18 mars**

Au *Los enormes bigotes*, j'ai commandé une margarita. J'étais seule au bar et Rosarito, le barman, a voulu m'amuser :

— Je vais te dire comment la margarita a été inventée… D'abord, sais-tu comment les Mexicains boivent la tequila ? Je te parle des Mexicains qui ont de l'éducation. Ils mettent d'abord une pincée de sel sur le dessus de leur main. Avant de boire, ils lèchent légèrement le sel pour préparer leur bouche. Puis, ils mordent dans un quartier de lime. Enfin, ils avalent une lampée de tequila. Voilà comment ils atteignent le parfait bonheur.

Le soir où la margarita a été inventée, il y avait dans un bar un colonel en uniforme qui avait fait polir ses bottes. Il cherchait une fille. Passer une nuit seul dans sa chambre d'auberge lui paraissait une défaite inacceptable. C'était un colonel conquérant. Chacun de ses gestes était réfléchi comme s'il avait entrepris la conquête de l'Amérique. Le colonel aurait apprécié une vraie guerre. Hélas ! la politique des ministres ne lui offrait que de faciles manœuvres de routine. Alors, afin de compenser, il investissait dans ses nuits toute sa passion.

Sanglé dans son uniforme, le torse bombé, les cheveux lisses, la moustache cirée comme ses bottes, il admirait une danseuse. Elle bougeait comme un feu de joie. Le colonel était fasciné. L'âme incandescente de désir, le colonel, à tout instant, parce qu'il avait aussi soif d'alcool, quittait des yeux la belle danseuse, se tournait vers le bar, mettait une pincée de sel sur le dessus de sa main, léchait le sel, le laissait fondre un peu pour répandre son goût dans sa bouche, ingurgitait une rasade de tequila et mordait dans un quartier de lime. Cette longue procédure irritait son impatiente fougue. Durant le jour, il avait commandé à mille hommes et les mille hommes lui avaient obéi. Chargé de toute sa force de colonel, il désirait si fort la danseuse que son âme sortait de son corps pour tournoyer avec elle. Son âme enlaçait la danseuse. Le colonel ressentait un délicieux vertige.

Hypnotisé, il ne buvait plus. Le barman remarqua cette soudaine abstinence. Avec la sagesse d'un homme d'expérience, il fit ce raisonnement : comment un colonel, qui s'était exercé toute la journée à faire la guerre et qui préparait la conquête d'une belle danseuse, aurait-il le temps de suivre un rituel long comme une messe : mettre du sel sur le dessus de sa main, lécher le sel, laisser fondre le sel, se verser un verre de tequila, le boire, mordre dans un morceau de lime ? Bien qu'ancestrale et nationale, cette manière de boire était trop lente pour un colonel sur le point d'exploser. Occupé à jauger les ondoiements de la danseuse, il ne pouvait à tout moment se détourner pour une pincée de sel, une mordée de lime, une gorgée de tequila. Le grand stratège devait boire. Sans ivresse, même quand on est un futur général de la grande armée mexicaine, sait-on conquérir une femme ?

Inspiré, le barman eut l'idée de franger de sel le pourtour du verre du colonel ; il y pressa un peu de jus de lime,

le remplit de tequila et le tendit au colonel, chuchotant :
« Elle s'appelle Margarita. » C'était le nom de la danseuse.
Il semble bien que le colonel ait obtenu sa nuit d'amour, lui
qui n'avait pas eu sa journée de vraie guerre.

Cher journal, suis-je venue ici pour écouter les histoires
des autres ? Je veux vivre mes propres histoires… Juan le
violoniste a repris la route. Il a traversé ce bled. Il est passé
dans ma vie. Il a visité mon corps. Il est allé plus loin allumer une étincelle dans les yeux de ceux qui entendront sa
musique. Juan, celle qui a entendu ta musique se sent triste
après ton départ. Je savais que cette histoire serait courte.
Alors pourquoi est-ce que je me sens abandonnée ? Ma vie
est-elle un cahier où les autres écrivent leurs histoires ?

Des femmes grasses en robes colorées traînent leurs
sandales sur les pavés de la rue qui aboutit à l'église. Elles
poussent l'énorme porte à ferrures comme si c'était la porte
du ciel. Timidement, elles s'avancent dans l'ombre de
l'église. Devant l'autel, elles allument un cierge et s'age-
nouillent devant leur sainte statue. Là, elles sentent que les
anges du ciel descendent dans leur vie. Ah ! quel ange
apparaîtra dans ma vie ? Pourquoi est-il si difficile d'être
jeune ? Les vieux au moins ont leur passé.

### 19 mars

Dans un *greasy spoon* du marché, tenu par un Guaté-
maltèque, j'ai été intriguée par un plat sur le menu : *Cristia-
nos y moros*. Ce n'était que des fèves noires mélangées à du
riz. Des Mexicains se sont attablés avec moi. Je n'avais pas
envie de parler. Je pensais à Juan. Je ne voulais pas être dé-
rangée dans ma rêverie. Je les ai quittés avec mon assiette.
J'ai flâné entre les étalages. Des quartiers d'animaux encore
sanglants, offerts aux mouches comme aux clients. Des
millions de cassettes de millions de chanteurs populaires.
Des rouleaux et des rouleaux de tissus. De la poterie.

Combien de pots est-on condamné à voir dans une vie ? Des vestes de cuir. Des manteaux de fourrure (en queues de chat). J'aimerais revoir Juan. Aussi bien oublier le musicien aux étincelles. Jean Cocteau : « L'étincelle s'est éteinte et oublie l'allumette et le caillou qui se sont frottés. » Oui, je te le confirme, cher journal, l'allumette et le caillou se sont frottés. Qui était Cocteau ? Un vieux pédé qui, après avoir été un jeune pédé, pondait des citations coquettes. N'ayant rien à écrire, je devrais m'arrêter.

Coup de téléphone. Ma profonde réflexion interrompue. On vient distraire sainte Jeanne-Baptiste dans son désert. C'est la réception : ils ont reçu quelque chose pour moi. Des fleurs. Les garçons ne savent pas qu'il en pousse au Mexique… *Soy una bestia !* À la revoyure, cher journal.

**20 mars**
*Hi !* Un jour n'est pas perdu si l'on y a appris quelque chose. Au *Los enormes bigotes*. Rosarito, l'Einstein de la margarita, m'a servi une autre conférence :

— Vous avez vu le long des routes ces cactus plus hauts qu'un homme, recourbés ?

Ce sont des agaves. C'est là que les *jimavares* trouvent la tequila. Dans un fruit qui pourrait ressembler à un ananas. Les anciens disent que ce fruit est un cadeau de Mayahuel. C'est une déesse… Pourvue de quatre cents seins.

Baissant la voix, il a demandé :

— Quatre cents seins ; combien faut-il de soutiens-gorge ?

Disant cela, il caressait (voilà le mot précis) du regard mes deux pauvres attributs.

J'ai terminé mon verre. Ne l'ai pas fait remplir.

Autre chose. Ce n'étaient pas des fleurs qui m'attendaient à la réception, mais un colis. « *From señor del Puente.* » Enveloppé dans un vieux journal qui empestait le tabac, peut-être l'urine, la cave humide ou le cachot des condamnés à la potence. *Le Figaro* (1$^{er}$ mai 1937), à la une : « TOUS LES ÉLÉMENTS SONT EN PLACE POUR LA PAIX. » Les leaders mondiaux réunis à Londres s'accordent pour dire que tous les obstacles ont été surmontés ; la paix n'a jamais été aussi proche. Deux ans plus tard, BADABOUM ! Ces prophètes éclairés se déclarent la guerre. Merde à tous les prophètes… On n'arrive pas à raconter le passé ; comment peuvent-ils prédire l'avenir ?…

Nouvelle en première page du journal local : nous aurions les cheveux pleins de poussière d'astéroïdes. Est-ce de la magie mexicaine ? Des millions de corps célestes, nés avant la création de la lumière, navigueraient dans l'espace, dispersant leurs déchets. Sans le savoir, nous sommes couverts de cette poussière d'éternité. Je regarde en haut. Y a-t-il Quelqu'un ?… Voici la vérité fondamentale : tous les humains sont égaux dans leur ignorance. Et je regarde sur la terre. Holà ! Y a-t-il quelqu'un ? Fin de mon paragraphe poétique.

Dans le colis, une douzaine de livres et une note écrite sur un papier jauni : « *En la lucha entre el agua y el fuego sempre es el fuego que muere.* » Quel pessimisme, mon Dieu ! *Come on*, Mister Trois dents, laissez un peu d'espoir au feu !

Les livres sont écrits en français, en anglais, en espagnol. Les auteurs : Homer Smith, Ulysse Latulipe, Aristote Sanchez, Démosthène Labonté, Platon Tremblay, Isocrate Jones. Et d'autres. Ils ont été publiés à Beauceville au Canada, à Mexico, à Tournai en Belgique, à Shanghai… Et ailleurs. Les pseudonymes dévoilent, plutôt qu'ils cachent, un auteur qui a exercé sa liberté sur la planète entière. A-t-il tant de respect pour la tradition classique ? S'en moque-t-il ?

Curieuse, je l'avoue, j'ai ouvert *The Spaceship*, par Homer Smith (publié à Woodsockett, dans le Maine, en 1924). Sur la jaquette, l'éditeur proclame la naissance d'un

« nouveau Jules Verne ». Le nom de Jules Verne a été biffé par les traits d'une plume qui a ajouté : « Jules Verne avait des hémorroïdes parce qu'il a passé sa vie assis sur son cul. »

J'ai lu. Pas une seconde d'ennui. Dans une époque future, des scientifiques ont construit un vaisseau spatial pas plus gros qu'un atome. À l'intérieur : des robots, des caméras, des transmetteurs, des télescopes et sept membres d'équipage. Les astronautes ont été réduits à une taille microscopique. Le vaisseau spatial, catapulté dans l'espace, atteint sans encombre sa destination. Pour la première fois dans l'histoire humaine, des Terriens se posent sur Mars. La planète n'est pas rouge mais rayée comme une enseigne de barbier. Ils y séjournent sept jours. On explore. On prélève des échantillons. On rédige des rapports. On s'étonne. On apprend. Ce nouveau savoir transformera la vie des Terriens. Le vaisseau spatial revient au port. L'équipage est heureux et « comme Ulysse a fait un beau voyage ». À quelques mètres du sol, le vaisseau spatial est sur le point de délicatement se poser. Au sol, on triomphe déjà : la mission est un succès total. Mais, à la recherche d'un insecte, un chardonneret happe l'engin d'un coup de bec et s'enfuit avec une nuée de congénères. Dans le dernier chapitre, les explorateurs qui ont conquis la dangereuse Mars sont incapables de se libérer du labyrinthe intestinal du volatile.

Ce n'est pas dentelé fin comme de la littérature française plate mais, dès les premières phrases, j'ai été entraînée. C'est un roman très mauvais mais je l'ai lu avec plus de plaisir qu'un bon livre.

Je viens de découvrir un auteur inconnu. Un diamant brut. Ma journée est terminée. Je vais célébrer à la discothèque. Longue vie à Homer Smith ! *Shit !* C'est moi qui veux être découverte.

**21 mars**

On tourne un film. Le vieux quartier est infesté de Français. Est-ce que je vais voir Alain Delon? Il aurait pourtant dû se montrer à la discothèque. Peut-être que la *Reina del mar* n'est pas assez huppée. Il joue le rôle d'un vieil écrivain qui s'amourache d'une fraîche jeune femme. Une histoire qui pue le camembert.

Et moi? Je suis aussi conne que ce con de scénario. Je suis plus conne que mes cons de parents. Je me noie dans la connerie. Quand on me tend une main, c'est toujours une main de con. Je ne suis pas heureuse. Pourquoi est-ce que je crois que je devrais être heureuse?...

Promenade sous les beaux fromagers. Mon copain a étudié la philosophie mais il a voulu faire du cinéma. Et il se retrouve dans ce bled, qu'il appelle le «fabuleux Mexique», à tenir une perche de microphone pour cueillir les mots niais d'acteurs pourris qui jouent une histoire de merde. Il est aussi con que moi. Mais il est français. Au lieu d'avouer comme tout le monde: «Je suis con», il se trifouille les méninges pour vous prouver qu'il est plus brillant qu'Einstein.

Après quelques pas ensemble, il m'a confié qu'il n'avait jamais baisé une Canadienne. On passait devant une ancienne Cadillac décapotable avec son capot *king size*: deux tatamis. J'ai répondu:

— Je n'ai jamais baisé sur un capot de char.

— De char?

Il ne comprenait pas. Je lui ai donné une leçon de vocabulaire puis, Einstein et moi, on s'est unis sous le ciel étoilé. La lune semblait être le lorgnon du bon Dieu qui observait ses deux créatures.

Si Einstein est un génie de la pensée, il est franchement sous la moyenne pour l'efficacité amoureuse. Pendant qu'il s'activait, je m'ennuyais un peu. En attendant Godot, je considérais les étoiles. J'ai repéré cette lueur blanche qui glissait dans le firmament. Les résidus ignés d'une histoire inconnue de l'univers. Des poussières d'un monde inaccessible. Comme un immigrant qui s'ennuie de sa maison natale, j'étais nostalgique ; j'étais attirée vers ce lieu d'où je suis venue. J'aurais voulu me retrouver dans ma véritable terre natale. J'aurais voulu attraper la queue de la comète. Allons, Einstein, ça suffit.

Rentrée seule dans ma chambre, j'ai entrepris de lire un livre de Périclès Letarte (publié à Kingston, au Canada, en 1922). Une planète est si minuscule qu'un seul habitant peut la tenir dans sa main. Cependant, sa population dépasse les trente-trois millions. Comment est-ce possible ? Depuis plus de dix mille ans, ses habitants vivent, comme une chaîne vivante, accrochés à elle. L'ancêtre la tient dans sa main puissante comme un fruit que l'on cueille et ses descendants, pendus à lui, sont cramponnés l'un à l'autre. Ce peuple est une chaîne de trente-trois millions de maillons qui se balance dans l'espace sidéral. Chaque citoyen compte sur l'autre. L'un ne peut se passer de l'autre. Ainsi attachés, ils naissent, ils vivent, ils meurent. Personne ne doit rompre la chaîne du peuple qui aime sa petite planète.

Mais voici que les pieds du dernier nouveau-né touchent une surface solide. C'est une planète vaste comme tout ce que l'on ne connaît pas. Qu'arrivera-t-il au peuple de *la plus petite étoile* ? C'est le titre du roman de Périclès Letarte, un autre déguisement, j'en suis persuadée, du vieux Shakespeare en fauteuil roulant, le señor del Puente.

C'est mauvais, si mauvais que je vais me rendre jusqu'au point final. Ce Canadien est un grand auteur oublié. Dans un pays d'auteurs toussailleux, Oscar Dupont est un génie robuste. Il a tous les défauts que n'ont pas les parfaits du *Devoir*. Cette planète minime, ce peuple de citoyens suspendus comme des acrobates dans le vide sidéral : c'est si terriblement mauvais que c'est génial ! Bonne nuit. Je vois le jour hésiter, avec son fanal, au bout de l'horizon.

**22 mars**

Revenue sur ma terrasse, j'ai ouvert un autre roman. L'auteur : Aristote Sanchez. (Publié à Barcelone, en 1933, par la Biblioteca contemporánea ; traduit du français par l'auteur.) Les premiers mots : « An 2222 ». Le dictateur d'Haïti veut devenir le maître du monde. Comment va-t-il le conquérir ? Le génial politicien a fait implanter de minuscules microphones-émetteurs dans le corps de cancrelats et, grand voyageur, à chacune de ses visites d'État, il les a semés dans les limousines, dans les chambres d'hôtel, dans les bureaux, dans les parlements, dans les salles de réunion. Grâce à son armée de cancrelats, sans violence, le dictateur d'Haïti deviendra le dictateur de la planète.

Le président des États-Unis, cependant, prépare la résistance américaine. Au cours d'une réunion très secrète à la Maison-Blanche, les chefs de l'armée de terre, de la marine et de l'aviation dévoilent au président leur plan stratégique. Le dictateur d'Haïti écoute. Les voix semblent aussi proches que s'il était avec eux dans la pièce. Il est fier de ses ingénieurs. Il a été bien inspiré de les enfermer en prison pour qu'ils travaillent. Le dictateur universel écoute, prend des notes. Un cancrelat, sous la table de la Salle Ovale, espionne. Invisible, camouflé, il ne bouge pas. Son microphone-émetteur rapporte tout. Le dictateur d'Haïti rigole. Il fait venir du rhum. Soudain, il entend comme un bruit d'allumette cassée. Puis le silence. Le président américain a malencontreusement posé le pied sur la coquerelle haïtienne.

C'est le pire livre que j'aie lu dans ma vie. Bien plus mauvais encore que les robbe-grillade à l'université.

Robbe-grillade : c'était une poutine littéraire pour les intel-
los des années cinquante. Aristote Sanchez écrit comme s'il
conduisait un bulldozer, mais un roman qu'on n'abandonne qu'à la fin peut-il être un mauvais livre ?

Qu'est-ce que je vais faire sur la terre ? Un roman (il
faudrait d'abord que je le commence…). Ensuite ?… J'ai
l'air d'une moule sur le rivage qui se demande : qu'est-ce
que je fais là ? Que quelqu'un me donne des ordres, bon
Dieu ! Je ne prétends pas vouloir changer le monde mais je
veux faire quelque chose. Ce monde ressemble à une ville
de coffres-forts. Seuls quelques citoyens en connaissent la
combinaison. ¡ *Qué macada ! What a mess !*

Parents, pourquoi nous avez-vous fabriqués s'il n'y a
pas de place pour une nouvelle génération ? Pensez-vous
que c'est agréable d'avoir vingt ans et de ne pas oser rêver
car les rêves se brisent sur les portes verrouillées ? Me voilà
déprimée. Allons siphonner une *cerveza oscura* !

### Deux, trois heures plus tard

J'ai marché au hasard, comme une feuille d'automne
poussée par le vent, mais ce n'est pas l'automne et il ne
ventait pas devant ma porte.

Question à Dieu : si Vous avez condamné les humains à
ramper sur la terre, pourquoi leur avez-vous donné cette
envie de voler ?

Au hasard, ma promenade m'a ramenée devant la
Cadillac décapotable de la nuit dernière. L'empreinte de
mes fesses était encore marquée sur le capot…

J'ai lu dans le magazine *Time* que mon propre corps
est composé de soixante-quinze trillions de cellules qui
sont, en réalité, de petites étoiles qui nagent dans l'espace.
Quel est le sens de tout ça ? L'histoire de notre vie est
racontée dans la langue indéchiffrable d'un grand livre
invisible.

Question futile : mon regard, cette nuit, a-t-il laissé dans le ciel une marque comme mes fesses sur le capot de la Cadillac ? Je me sens triste.

### 23 mars

Je n'ai pas vécu. J'essaie de vivre. Baiser, baise-moi et rebaisons… « N'espère rien et tu ne seras jamais déçue », disait ma mère. ¡ *Mierda* !

Impossible de dormir. J'ai descendu l'escalier vers la plage. Je voulais simplement me noyer dans la nuit. Je n'avais rien bu, rien fumé. Je marchais. Je m'amusais à me laisser lécher les pieds par l'étalement de l'eau sur le sable. Une étoile filante a cinglé dans le ciel : la corde en feu d'un fouet. Un extraterrestre venait-il vers moi ? Aucune envie de me faire cruiser par un Martien. Venue du Québec, où les jeunes ont le choix entre Raël et Lucien Bouchard, je ne suis pas plus excitée par les Martiens que par les séparatistes.

— ¡ *Viva la anarquía* !

Cette petite voix usée m'a fait sursauter. La nuit n'était pas tout à fait opaque. Les terrasses étaient remplies de touristes qui ronronnaient ; leur lumière (celle des terrasses) venait s'égarer sur la plage. La lune brillait entre quelques nuages errants. C'était, comme un enfant dans une chaise trop vaste, le vieil écrivain :

— Oh, c'est la belle *chucha* douce ! Tu vas devoir m'aider.

Il s'est esclaffé comme s'il avait fait une bien bonne blague.

— Je suis empêtré.

— Où est passée votre nonne ?

— Mère Maria de la Grande Voile noire m'a abandonné. Laisser à lui-même un homme de mon âge !

— Ce devait être une sainte.

— Une sainte ! J'ai vu ce qu'elle avait sous sa jupe, la Maria de la Sainte Épine : deux revolvers, cinq grenades et quelques bâtons de dynamite. Elle aurait pu exploser en tout temps. C'est un miracle si je suis encore en vie ! Dix ans que j'ai partagés avec elle. Vingt ans, peut-être ; c'est la même chose… Elle était dangereuse, la mère supérieure. As-tu remarqué qu'elle avait de la barbe comme un forçat ?

— Elle tirait toujours son voile devant sa face.

— On s'est rencontrés dans le petit pays d'un gros dictateur. Ce jour-là, le dictateur rendait visite aux travailleurs dans une mine de charbon. J'ai tiré sur le dictateur. Ernesto a aussi tiré. On ne se connaissait pas. On avait été payés par des factions rivales pour le descendre. Nos balles l'ont atteint. On s'est embrassés comme des frères, Ernesto et moi. Le cochon n'est pas mort. On a fui. On s'est séparés. On s'est retrouvés. La vie est tissée de hasards invraisemblables. Ernesto était dans la dèche. Les amis du cochon m'avaient perdu de vue mais lui, il était pourchassé. Je l'ai pris à mon service. Je l'ai averti : je vais faire une honnête femme de toi. Le dictateur est trépassé. Sœur Maria-Madalena est libre. Veux-tu m'aider ? Ramène-moi à la *Casa de las putas*. Allez, belle *chucha* douce, pousse !

À la *Casa de las putas*, les hommes jouaient aux dominos. Quand les filles ont aperçu le vieux bambin, elles se sont précipitées comme s'il avait été perdu et retrouvé.

*Note 1 :* une traînée lumineuse semblable à une gerbe d'étincelles est tombée à l'endroit où j'ai trouvé le vieil ancêtre. Incroyable, mais voilà ce que j'ai vu. Ce n'est pas de la littérature.

Alors que je le quittais, le vieux *chulo* m'a dit :

— Belle *chucha* douce, remplacerais-tu la bonne sœur ? Pas besoin de voile, ni de revolver, ni de grenades. La vie sera tranquille. Dis-moi demain quelles sont tes conditions. J'ai besoin de ta jeunesse. Tu ne sais pas encore que tu as besoin de ma vieillesse. Tu pousseras ma chaise jusqu'au cimetière. On fera quelques détours mais on y arrivera. Le temps qui me reste est court. J'accepte tes conditions. Je ne négocie qu'avec la vie.

La vieille chiffe croit-elle que je vais lui dire : « *Si, si, amigo* » ?

*Note 2 :* Je me suis sortie du lit pour écrire ça : quand je lui ai dit que j'avais vu une étoile filante, une météorite, un astéroïde (*shit !* je ne sais pas la différence ; merde, je ne connais rien.), le vieux grognard m'a parlé de la comète de Halley, en 1910. Les populations d'alors ont cru la fin du monde venue. Elles attendaient à genoux cette boule de feu qui allait incendier la terre. Le vieux maquereau a conclu :

— Si tu me montrais ta belle *chucha* douce, je verrais une étoile plus brillante que Sirius.

— *Tu eres un hijo de puta.*

### 24 mars

J'écris des pages et des pages. Je m'emmerde. J'emmerderai les autres avec ma prose. Vengeance !

Ma journée a été bien remplie. Je suis allée donner ma réponse au vieux monstre de la préhistoire. Je vais entrer à son service. Dans ce pays de tequila, de mangues, de cailles sauvages et d'espadons, je ne sais que faire de mon corps, de mon âme. Je dérive. Ce vieux vautour, tout près de la mort, est accroché à la vie. Je suis attirée par son mystère. Les beaux jeunes de mon âge, avec qui j'ai brûlé du temps, ne savent rien du temps. Ils ne savent rien de la vie. La vieille branche tordue est un mystificateur, un menteur, un mythomane, un soudard, un aventurier, un pirate, un bandit, un fuyard, un blessé de guerre, un survivant. Ce vieux cadavre va m'initier à la vie. Avec lui, je vais apprendre ce que ne m'ont pas enseigné mes professeurs à l'université, ces constipés de l'âme. S'il a écrit tant de livres, il m'enseignera à écrire. Je ne peux pas repousser l'aventure qui me sollicite. Puis, mes cons de parents vont être emmerdés si leur «princesse» devient la nurse du señor Alzheimer. Si ça les emmerde, c'est une bonne idée. Je vais leur donner ma nouvelle adresse: *Casa de las putas…* Mon père va venir visiter les lieux.

Je me suis présentée à l'abbaye. La communauté était déjà informée que j'allais être appointée secrétaire de Sa Majesté. On m'a reçue avec respect. Même les clients. Ils ne m'ont pas jeté de ces regards qui vous arrachent votre robe comme un grattoir racle la peinture.

La vieille bête a été abrupte:

— C'est pas la peine de me donner tes conditions de travail, je vais les oublier. Je vais te payer d'avance pour être sûr que c'est fait. Pour le reste, tu feras ce que je te demande. Ça ne sera pas compliqué. Je suis aux trois quarts défunt. Tu t'occuperas du quart qui est vivant. Je ne te demande pas de me rendre heureux. Essaie seulement que je ne sois pas malheureux. Les malheurs forment la jeunesse; comme je n'ai plus de jeunesse, je n'ai pas besoin de malheur. Si j'insiste trop pour voir ta belle *chucha* douce, porte plainte à la Commission pour la protection de l'espèce féminine. Voici les clés de mon château. N'entreprends pas de mettre de l'ordre là-dedans.

**Plus tard**

Impossible d'enregistrer tous les événements qui se télescopent. Il veut que je l'appelle le vieil éternel. Pas de monsieur Ci ou Ça. Le vieil éternel. Pourquoi?

— Un homme ne possède rien d'autre que son nom, m'a-t-il répondu. Si tout le monde m'appelle éternel, je posséderai l'éternité.

On sortait pour une promenade. J'avais des arrhes généreuses dans la poche de mon short. J'ai verrouillé la porte de son antre. Il m'a déclaré:

— Je ne sais si c'est le parfum de ta belle *chucha* douce qui m'inspire, mais je vais écrire un roman aujourd'hui.

J'ai poussé son fauteuil dans le couloir qui mène à l'ascenseur. Les murs sont défoncés, la moquette déchirée empeste l'urine. Le plâtre du plafond tombe en lambeaux. Comme la dernière guerre n'a pas sévi ici, les dégâts doivent remonter au soulèvement de Juárez, en 1850. Une blague ! Des querelles ont eu lieu ici à propos d'une fille, etc. Si mes cons de parents me voyaient sortir d'une chambre de bordel en compagnie d'un fossile... Pourquoi est-ce que j'emploie ces mots ? J'ai du respect pour tant de vie accumulée. Même un peu de tendresse. Le vieil éternel est mon petit orphelin.

Il a entrepris de me raconter son roman dans l'ascenseur qui était secoué comme un char à bœufs sur la route d'un village gaulois :

— Il y a possiblement deux ou trois planètes quelque part dans le système solaire, où les conditions seraient favorables à la vie : Mars et ses toundras glacées ; Titan, la lune de Saturne, qui est emmitouflé dans un nuage de molécules d'eau ; on pourrait aussi découvrir de la vie sous la mer glacée d'Europe, l'un des satellites de Jupiter. La science n'a encore rien prouvé. On espère. L'espoir est la grande vertu des ignorants.

» Les USA veulent savoir. Ils fondent le SETI (Search for Extra-Terrestrian Intelligence). Ils élèvent, dans des pays amis, des rangées et des rangées d'antennes. Des centaines d'astronomes écoutent, décodent, analysent, comparent les ondes de l'espace. Durant des mois, c'est plutôt comme le silence d'une mer sans eau : le silence de Dieu. Les USA enfournent des centaines de millions de dollars dans le SETI.

» Un soir, cependant, à minuit moins treize, le D$^r$ Horowitz, le directeur du projet, entend clairement : "Chérie, où as-tu mis mes chaussettes ?"

» Jamais dans l'histoire de l'humanité on n'a entendu une voix d'outre-terre. Certains commentateurs de peu d'envergure estiment que les antennes ont tout simplement capté des mots prononcés dans un immeuble du voisinage. Quelques-uns, moins nombreux, sont convaincus que cette voix arrivait du fond des espaces. Signe de vie, oui, assurent certains, mais non pas signe d'intelligence. À quoi d'autres rétorquent : si ces mots ne prouvent pas l'existence d'une intelligence sur la planète inconnue, ils ne sont pas non plus une preuve d'intelligence sur la Terre. Un comité est formé. Sa mission : analyser la notion de chaussettes (combien ? quel tissu ? quelle pointure ? etc.) À partir de ce rapport, un autre comité dessinera un corps d'extraterrestre. Un dernier comité en déduira son habitat, ses mœurs, sa culture, sa vie sexuelle, ses industries et son environnement, y compris les animaux qui l'entourent.

» Toutes vérifications faites et revues, aucun doute ne peut subsister. Les mots captés ont été émis par un être à l'extérieur du système solaire. Cela est-il possible ? Après évaluation, une seule hypothèse prévaut : un Terrien habite dans cette région de l'univers. Fin du tome I de la tétralogie.

» Le tome II racontera comment le Terrien a fait naufrage dans ces régions. Le tome III transcrira son *logbook* gravé dans la pierre d'une falaise : le récit au jour le jour de sa vie sur sa planète d'adoption. Enfin, le tome IV suivra le Terrien lorsqu'il reviendra dans sa patrie d'origine avec ses épouses extraterrestres. On apprendra que le Terrien, seul mâle sur cette planète, a dû en épouser toutes les femmes. Ainsi, le Terrien a sauvé un peuple menacé. Malheureusement, sur cette planète, les femmes sont furieusement jalouses. Elles n'ont pas accepté qu'il parte sans elles. Elles l'ont toutes suivi. De nouveau, cette planète n'a plus d'avenir. Parce qu'elle n'est peuplée que de mâles. Et la Terre présence, Excellence, et je prie Votre Excellence de saisir avec ses petits doigts distingués ces excellents petits fours que nous sucerons pendant que nous causerons des excellentes relations que nous entretenons entre nos deux excellents pays. » Diplomatie de mes deux fesses ! L'art de farcir de menteries les amuse-gueule. Représentants de leur pays ? Mon cul ! Les pays sont différents ; comment se fait-il que les diplomates soient tous pareils ?

Jamais je ne deviendrai diplomate... C'est peut-être le bon Dieu en personne que je pousse dans son fauteuil roulant. QUE JE SUIS CONNE, CONNE, CONNE ! Cher journal, je suis Sophie, comtesse de la Connerie...

Pendant la promenade sur la plage, il a demandé d'arrêter. Avait-il besoin de faire pipi ?

— Je veux te regarder.

— Vous m'avez demandé la même chose il y a cinq minutes.

— À mon âge, on oublie.

— Alors, regardez-moi encore, si ça vous amuse.

— Les fleurs ne se plaignent pas d'être regardées.

Je n'ai rien ajouté.

— S'il n'y avait personne pour regarder les fleurs, quelles raisons auraient-elles d'exister ?

— Saint-Exupéry a déjà dit quelque chose comme ça.

— Évidemment, une bonne fille comme toi connaît les auteurs qui endorment les enfants.

J'ai l'habitude, les mâles me regardent comme si j'étais une glace à la vanille. Quand le vieux hibou me regarde, je sais qu'il voit d'autres femmes. Du temps passé. Des jeunes femmes devenues de vieilles femmes. Un jour, je lui demanderai ce qu'il aperçoit dans « le prisme du temps », comme a dit je ne sais plus qui. Se voit-il en jeune homme ? Se voit-il devenu un vieux vestige du monde disparu ? Se voit-il projeté dans l'avenir, c'est-à-dire après sa mort ?

sera conquise par les épouses extraterrestres du Terrien qui s'est égaré dans l'espace.

» Écrire est facile : il suffit de mettre des mots entre le début et la fin de l'histoire. C'est cent mille exemplaires assurés. *If you want this novel, take it. Write it. If you want, it's all yours. Take it.*

Au rez-de-chaussée de l'immeuble, tout au bout du couloir, une musique nous a accueillis comme une brise un peu forte. Une musique qui saisit l'âme dans ses bras invisibles et l'entraîne sur la piste de la nostalgie, un pied dans une tristesse insondable et l'autre dans un désir des corps. (*Oups !* v'là une goutte de grande littérature.) Le vieux paralytique a sauté de son fauteuil, empoigné une des filles et, comme si Dieu lui avait redonné les jambes de ses vingt ans, il l'a soulevée et la musique les a emportés. Le vieux pensionnaire était ressuscité ; le vieux rapace emportait sa proie qui ne réclamait pas d'être relâchée. Les deux danseurs flottaient sur *los rios profundos* de la musique.

Ce qui s'envole revient au sol. Les deux danseurs se sont écroulés dans le fauteuil roulant. Mon fauteuil. Don Juan ne voulait pas libérer la fille. À cause de quelque sortilège du vieux magicien, elle ne voulait pas être relâchée. Elle se collait contre le vieux squelette comme s'il avait été Brad Pitt en personne. Finalement, la triste séparation a eu lieu et j'ai poussé le fauteuil le long de quelques rues poussiéreuses et achalandées. Devant *La Tierra del fuego*, nous avons essuyé quelques rires moqueurs. Beaucoup d'envie : « ¡ *Aquí vienen los gringos locos !* » Mes cons de parents n'auraient pas été fiers de moi : « Une fille de diplomate... » J'accompagnais un génie. Ma mère ne pouvait pas en dire autant quand elle sortait avec mon père.

Je voudrais décrire la caverne d'Ali Baba mais je suis exténuée. C'est fatigant de pousser un vieillard qui veut aller plus vite que la mort.

*Note :* Avant de m'endormir, je te confie, cher journal, cher brouillon de ma vie brouillonne, que j'ai ressenti un pincement de jalousie quand j'ai vu la fille sur les genoux de mon patron. Jalousie maternelle de voir son poupon dans les bras d'une autre ? Je ne suis pas fière de moi : jalouse parce que ses bécots froids ne s'appliquaient pas sur mes joues ? Jalouse d'une pute qui se faisait peloter par un vieux squelette ?

**25 mars**

Voici l'appartement de l'illustre vieillard. Au dernier étage. Deux pièces : «L'une pour mes trésors, l'autre pour moi», a-t-il dit. Sa chambre : un lit qui n'a jamais été fait, des draps qui n'ont jamais été lavés. Une table où assiettes, livres, cendriers, papiers, machine à écrire, bouteilles, boîtes de cigares s'empilent en pyramides. Au mur, un Picasso. L'entrée de l'autre pièce est bloquée. Des colonnes de livres. Des tas de papiers. Des disques dans leurs pochettes anciennes. D'autres, nus. Un désordre inextricable : les strates sédimentaires de longues années. Des casquettes d'équipes de baseball. Des fusils dont le canon pointe entre les papiers. De la poussière. Des sacs de timbres-poste. Des stetsons. De l'argent fourré dans des pots de confiture.

— C'est un vrai Picasso ? Un authentique ?

— J'ai payé son addition, un soir, à Montparnasse. Il n'avait pas un rond… Il doit y avoir d'autres Picasso dans la chambre aux trésors si personne n'est parti avec. C'était dans le temps où il ne se prenait pas pour Picasso. Un Picasso, ça ne valait pas cher dans ces années-là.

— Là, c'est un Modigliani ?

— Quand il était saoul, et il n'était jamais sobre, Modi prétendait qu'il avait le don de marcher sur l'eau comme Jésus-Christ sur la mer de Galilée. Ce soir-là, il a sauté dans

la Seine avec quatre ou cinq toiles enroulées sous son bras. Il a coulé comme une brique. J'ai plongé. (Chaplin aimait cette anecdote et il l'a fourrée dans un film.) J'ai récupéré Modi même si j'étais plus ivre que lui. Il lui restait une toile enroulée dans la main. Modi me l'a donnée. Le hasard fait bien les choses. La toile, c'était mon portrait, ma tête à cette époque-là. Pourquoi un garçon aussi intelligent que Modi essayait-il de marcher sur l'eau ? Les Terriens n'ont jamais accepté leur pesanteur. Ils ont le vague souvenir d'une époque où ils n'avaient pas de poids.

Dans la pièce du vieux menteur, il y a aussi un fauteuil chargé de livres, de magazines, de journaux, de lettres jamais lues. Comme une ruine archéologique, j'ai trouvé un vieux tourne-disque enfoui sous les papiers. Dans un coin, des cactus. Conclusion : dans les écuries d'Augias, un ménage est à faire, un décapage, une désinfection, une dépollution. Un tapis tissé de mégots de cigares écrasés. Le vieux bourlingueur m'a dit : «Tu vas emménager à la *Casa de las putas* pour être plus près de moi. Il y a une chambre de l'autre côté du couloir. » C'était la chambre de la chère mère supérieure. Ils l'ont repeinte en blanc.

**26 mars**

Je devrais rentrer au Canada la semaine prochaine mais j'ai reporté mon départ. Je connais quelques personnes qui s'étoufferaient de rire si elles me voyaient pousser l'invalide. Après les écoles privées, les voyages, les langues étrangères et les études en Grande Littérature, je suis la *dama bemba ; the foolish lady*. Me voici coolie. Je rêvais de devenir une étoile au firmament. Me voici pousse-ti-vieux. Si ma mère me voyait, elle verserait assez de larmes pour remplir sa piscine, où elle ne se noiera jamais. Mon père détournerait son regard : il rêvait que je devienne diplomate comme lui : «Je suis honoré de votre éminente

Comment un homme usé comme un vieux tapis par les pas de la vie peut-il encore sentir des ailes pousser à son âme à la vue d'une femme ? Il a tant navigué ; comment peut-il être encore ému à la pensée du voyage ? Je n'ai que vingt et un ans. J'apprendrai de lui à m'émouvoir, à me libérer de cette « neutralité suisse » que j'ai devant la vie. Je suis comme quelqu'un qui a trop mangé dans un banquet. Je n'ai pas encore vécu. Comme lui, je veux avoir faim de la vie. Quand il regarde une fille, il a faim. Avoir faim : voilà le secret. Quand on a faim, on désire, on court, on agrippe, on mord, on plonge, on s'envole ! Vieil homme qui a participé à tant de festins, enseigne-moi la faim ! Et je serai en route pour le *geluck* (bonheur, paraît-il, en flamand).

— Regardant une femme, comment un homme pourrait-il ne pas croire en l'existence de Dieu, a-t-il pontifié.

— Vous croyez en Dieu ?

— Absolument pas ! C'est un mythe. Mais Il m'a donné des yeux et j'admire ses créatures.

Je comprendrai la logique de tout cela plus tard. Dans son sablier, il reste peu de temps à écouler. Moi, j'ai tout l'avenir. Le temps réduit de ce vieil homme s'ajoute, comme un autre territoire, au temps que j'ai.

Soudain, il a eu l'air préoccupé, tendu. Irrité. Il se grattait la tempe :

— Est-ce que j'ai été un soldat à la guerre ou est-ce que j'ai inventé ça dans un roman ?

— Sous votre fauteuil, dans votre appartement, j'ai trouvé une boîte de médailles. Puis, j'ai remarqué une cicatrice sur votre poitrine, dans la région du cœur.

— Ce n'est pas la guerre... C'était l'amour. Un coup de couteau d'un mari jaloux... Maintenant je me souviens ! Ma jambe. Des éclats de shrapnel dans ma jambe. Pendant des années, elle a été quasiment morte. Je boitais. Je la traînais comme un cadavre pendu à moi. Les petites dames s'attristaient de mon sort. Aujourd'hui, cette jambe morte revient à la vie quand le reste de mon corps est en train de mourir.

— Vous avez traversé plusieurs guerres.

— Si c'est vrai, alors explique-moi pourquoi je ne suis pas mort.

Voilà une question qui ébranle. Je n'ai trouvé que ceci :

— Vous aimez tellement la vie qu'elle n'a pas voulu se séparer de vous.

Il m'a reluquée avec un regard un peu moqueur :

— Toi, belle *chucha* douce, tu seras un jour diplomate.

*Shit* ! Ce n'était pas un compliment.

— La guerre. Ah, la guerre... Au début de la Deuxième Guerre mondiale, ma femme était juive. J'avais une raison de me battre. L'Allemagne, c'était Hitler... Mais l'Allemagne, c'était aussi Marx, Goethe, Schiller, Kant, Bach, Grimm, Schopenhauer, Hoffmann, Engels, Heidegger, Nietzsche... Il ne faut jamais sous-estimer l'Allemagne. Gérard de Nerval disait : « Que voyez-vous de l'autre côté, là-bas, à l'horizon ? Il y a l'Allemagne ! » Ce pays qui a projeté tant de lumière sur le monde lui a imposé son plus lugubre cauchemar. Pourquoi ? Voudrais-tu savoir le fond de ma pensée ? Je voudrais voir ma maman.

Étonnée, je lui ai répondu, à ma propre surprise :

— Maman va te pomponner.

Il a chanté :

*Mamma I want to go home to my Ma*
*Mamma I want to go home to my Ma...*

Une jeune femme peut-elle comprendre ce que dit un vieil homme ?

**27 mars**

Je m'applique à déterger, à mettre de l'ordre dans l'appartement d'Oscar Dupont. Le vieux monstre se vante d'avoir inscrit sur la couverture de ses livres cent trente-trois pseudonymes différents. Combien de pseudonymes a-t-il utilisés dans le roman de sa vie ? On dirait qu'une foule de gens habitaient à son adresse. Sa correspondance provenait de partout. Des timbres de tous les pays. Il m'a dit : « Un nom est un visage. Quand on se choisit un nouveau nom, on se choisit un nouveau visage. Quand on a un nouveau visage, on a parfois assez de courage pour se donner une nouvelle vie. » Des lettres n'ont jamais été décachetées. Des enveloppes jaunies. Des photographies prises dans divers pays. Il n'est jamais seul ; souvent, il est au centre d'un groupe : comme le moyeu d'une roue. Il était beau, le vieux dinosaure ! Si je l'avais rencontré à la discothèque, il aurait inspiré quelques pages de mon journal… Ces photographies ont roulé dans les flots du temps. (Poésie, quand tu m'empoignes…) Me voici, en aval, avec sa vieillesse… Proverbe russe : *À se tenir trop près de la merde, on en prend l'odeur.* Ce vieux diable devenu ermite va-t-il me transmettre le virus de la vieillesse ? Je l'accompagne depuis trois jours. Déjà, il me semble que je vois par ses yeux. Ils sont un télescope, un microscope, je ne sais pas, une machine non encore inventée qui détecterait en même temps le présent, l'avenir, le passé. Ce vieil homme sur roues est un iceberg littéraire qui dérive dans l'oubli. Auteur de trois cent trente-trois livres, il n'est célèbre que dans les environs de la *Casa de las putas.* Donc, je pousse le fauteuil d'un génie inconnu. Avec précaution. Hier, j'ai trouvé une de ses histoires. Courte : trois pages et demie. Dans un vieux magazine de l'armée canadienne : *Canada in Khaki*, London, 1919. Par Oscar Dupont, comte de La Prairie.

Déchiffrant des incunables retrouvés sous le plancher de la grange d'un monastère du Moyen Âge, un savant de France apprend que, selon des auteurs de la *Kabbalah*, il serait possible de recréer un être humain disparu à partir des restes de cet individu.

Le savant connaît un collectionneur d'objets ayant appartenu à Napoléon. Sa pièce la plus précieuse : une mèche de cheveux de l'empereur. Après quelques semaines de plaidoirie, le savant convainc le collectionneur de lui céder, pour l'avancement de la science, un cheveu du Corse.

De retour à son laboratoire, le savant applique à la lettre les instructions des incunables. Après des mois d'efforts intenses, il réussit à produire, à partir du cheveu, trois bébés Napoléon qu'il distribue en adoption selon des critères bien définis, incluant le droit assuré de suivre leur évolution.

Le premier Napoléon est accueilli chez un roi africain mais l'enfant blanc, enlevé par une tribu ennemie, est dévoré par le chef, un cannibale gourmet.

Le deuxième petit Napoléon est confié à un producteur de café brésilien. Très tôt, l'enfant démontre qu'il a toutes les dispositions pour devenir l'empereur du café. Le père adoptif rapporte dans une lettre au savant : « Depuis que Dieu m'a fait don de cet enfant, je ne cesse de m'émerveiller. Son intelligence brille en toutes circonstances. En même temps que lui, la Fortune est entrée dans ma demeure. »

Le troisième Napoléon est donné à la famille d'un pauvre berger des Alpes-de-Haute-Provence. Il deviendra un parfait berger, juge son père adoptif. Cependant, un instituteur qui visite leur humble chaumière oublie un livre racontant la vie de Napoléon. L'enfant adoptif dévore ce livre, qu'il ne referme plus. On le dirait ailleurs, loin. Il ne va pas nourrir ses brebis. Il n'écoute plus ses parents. Possédé par un démon, il annonce qu'il s'en ira. La nuit suivante, il déserte sa maison. On retrouve le troisième petit Napoléon à Paris, fendant la foule, comme s'il se frayait un passage à coups de sabre ; il se dirige vers l'Assemblée nationale. Des agents tentent d'intercepter ce gamin. Il se débat comme un forcené : « Laissez passer l'empereur des Français ! »

Pour le vieux shaman, la réalité visible s'ouvre comme un rideau de théâtre. Ses romans ne sont pas de la littérature gallimardeuse : *retira la envoltura de celofán*. Sa littérature est poilue : comme des chardons.

Il n'y a pas d'autre comparaison pour qualifier ses *Tétins de la mémoire*. Auteur : Dionysos Sanschagrin. Roman publié à Lévis (Québec), une ville où il n'est jamais rien arrivé. Je résume. Les Terriens, qui ont perdu la mémoire, ne savent ni quand ni comment ils sont apparus sur la planète. Ils ignorent d'où ils sont venus. Que sont-ils venus y faire ? Ils ne se souviennent pas. Seul persiste un vague souvenir d'un paradis terrestre. Est-ce un souvenir inventé ? Ne serait-ce pas plutôt le résidu d'une mémoire effacée ? Comment cette mémoire s'est-elle alors dissoute ? Dionysos Sanschagrin offre une théorie intéressante. Pensons à la date de publication : 1927.

Il y a trente-trois millénaires et quelques, écrit-il, les Terriens étaient très évolués. Beaucoup de machines étaient à leur service. Parmi celles-ci, les machines à connaissance. Par elles, les Terriens avaient accès au savoir humain accumulé. Il suffisait de toucher quelques boutons « qui ressemblaient à des tétins », précise l'écrivain ; toute l'information souhaitée surgissait en lettres claires sur « un tableau de cristal » au mur. Les machines savaient tout. Les Terriens avaient été délivrés de la douleur d'apprendre.

Un jour, selon Dionysos Sanschagrin, un gigantesque éclair interstellaire frappa la Terre et les machines des Terriens. Leur mémoire, leur savoir furent effacés. Les Terriens redevinrent barbares. Sans «les tétins de la mémoire», les Terriens étaient aussi ignorants que leurs chevaux ou leurs chiens. Il ne leur restait plus que leur férocité. Ils détruisirent ce que les précédentes générations avaient construit. Incapables de trouver un sens à leur vie, les enfants, furieux, dévorèrent leurs parents.

Jugement littéraire : l'écriture rappelle un bûcheron qui ébranche une épinette.

**29 mars**

Ma mère était au désespoir quand je laissais traîner ma petite culotte sur le plancher de ma chambre. Elle n'arriverait sûrement pas à croire que je mets de l'ordre dans ce capharnaüm. Il y a autant de sable ici que sur la plage. Un dépotoir ? Oui... Des archives aussi. Bouchée par bouchée, le vieil ogre m'avale. Je ne passe plus mes nuits à suivre « les sentiers sinueux de l'amour », comme il l'a écrit dans un roman. Les athlètes bronzés papillonnent autour de moi mais ils n'osent s'approcher ; le vieux vautour est perché sur le fauteuil que je pousse. Sa vie oubliée se mêle à la mienne. Comme si son vieux sang s'infiltrait dans mon corps. J'apprends. J'apprends à savoir. À ne pas savoir. À comprendre. À ne pas comprendre. Ma vie s'agrandit. Le vieux cyclope me retient dans sa caverne. Comment en sortirai-je quand je voudrai sortir ? Dans *L'Odyssée*, Ulysse et ses compagnons plantent un pieu aiguisé dans l'œil du Cyclope. Devrai-je lui crever un œil pour redevenir libre ? J'ai envie d'avoir du plaisir à vivre la seule vie que j'aurai. Il n'y a pas de plaisir sans danger, dit-on. Je ne devrais pas bouder mon plaisir d'explorer cette caverne. Me voilà désorientée mais captivée. De là je sortirai comme du vagin maternel, avec une nouvelle vie.

Il a dit: «Notre siècle a inventé tout ce qu'il faut pour que les Terriens soient heureux; pourtant, aucun siècle n'a été aussi barbare que le nôtre. Pourquoi?»

Une page d'histoire: peu de temps après la fin de la Deuxième Guerre mondiale, Oscar Dupont traversait l'Autriche en train. Dans le wagon-restaurant, il s'est trouvé en face d'une femme blonde qui ne levait pas les yeux de son livre. C'était Eichendorff qui la captivait, un poète romantique, catholique, qui a accouché de poèmes en «demi-teintes», comme disent les professeurs. La dame était froidement belle. Il éprouvait une belle envie de bavarder. Elle était retranchée derrière sa muraille de poésie. Malgré son allemand limité, il engagea finalement la conversation. «Je connais un peu l'Allemagne.» Elle n'a pas levé les yeux. «J'ai vu l'Allemagne comme soldat.» Ses cils n'ont pas tremblé. «J'ai tué en Allemagne.» La beauté immuable était encore plus belle. Il s'est excusé: «J'ai tué pour vivre.» Elle faisait celle qui n'a rien entendu. Il savait qu'elle avait quitté la poésie. «J'ai tué pour ne pas être tué.» Elle continuait sa lecture. «Je songe plusieurs fois par jour à ces jeunes Allemands que nous avons éteints comme des chandelles.» Elle n'a rien dit. «Dans ma vie, j'aurais voulu faire autre chose que mettre fin à la vie des autres…» Elle a refermé son livre. L'a posé sur la table. Il a insisté: «Je déteste la guerre mais j'ai eu du plaisir à me battre.» Elle l'a regardé. «Quand j'ai tué, j'ai ressenti un certain plaisir.» Elle a repris son livre et s'est remise à lire. «Les humains sont féroces.» Elle l'écoutait mais faisait semblant d'être distraite. Il a appuyé: «J'aurais mieux aimé que cette guerre n'ait pas lieu.» La femme blonde a glissé son livre dans son sac.

«Moi aussi, j'ai fait la guerre», a-t-elle chuchoté. De son côté, il a avoué qu'il avait même combattu durant la

Première Guerre mondiale. Elle ne le croyait pas. Il a décrit comment il avait tranché la gorge d'un jeune soldat allemand surgi des broussailles. Un coup de sabre. «Sa tête est tombée sur mon épaule. Ses mots se sont embrouillés comme lorsqu'un enfant s'endort.» La femme a dit: «Vous êtes dégoûtant.» Il a acquiescé: «Plus que vous ne le pensez.» Devait-il s'en aller? La femme blonde restait. Il a conclu: «Ceux qui rendent ces crimes nécessaires sont de bien grands pécheurs.»

«Je suis dégoûtante aussi», a-t-elle chuchoté. «J'étais responsable d'une baraque de femmes juives dans un camp.» Elle les préparait pour les fêtes d'officiers. Il a songé: «Nous sommes dégoûtants mais vivants.»

Et le vieux vétéran de dire: «La femme blonde et moi étions d'accord; nous devions terminer ce que nous avions entrepris. Sans échanger un mot, nous nous sommes dirigés vers mon compartiment. Deux épaves, deux survivants, deux criminels, deux âmes attristées, deux blessés de guerre, deux enfants qui ne comprenaient pas la vie. Comme si nous avions pu effacer le mal de ces temps, nous avons fait l'amour. Furieusement. Sauvagement. Férocement. Puis nous nous sommes endormis. Quand j'ai ouvert les yeux, la femme blonde était partie. Avec son bâton de rouge à lèvres, elle avait écrit sur le miroir un mot que j'ai regardé assez longtemps pour ne jamais l'oublier: *Vergangenheitsbewältiegung*. Cela veut dire: il faut conclure un accord avec son passé.

### 30 mars

La vieille terreur des champs de bataille, il y a cinq ou six jours, n'avait plus la certitude d'avoir été soldat. Maintenant, le vieux ne parle que de la guerre. Il a vu à la télé des massacres africains: voisins, cousins, beaux-frères se raccourcissent à coups de machette. Ils s'égorgent, ils brûlent huttes et moissons, ils éventrent les femmes. Comme les Blancs, ils ont aussi leurs raffinements. On accuse les Blancs d'être les plus grands assassins de l'histoire : Nagasaki, Hiroshima, l'Holocauste et autres… Il me semble que toutes les races humaines sont surdouées pour la cruauté. Les hommes rasent leur poil devant le miroir. Même épilée, une bête sauvage est une bête sauvage. Les forts détruisent les faibles : serait-ce un processus de sélection qui vise à la conservation de l'espèce ? Faire souffrir une personne : serait-ce un plaisir sexuel pour les impuissants ? Cette barbarie serait-elle une haine que la vie entretient envers elle-même ? La mort tenterait-elle d'abolir la vie ? Cette haine est trop intense, trop durable pour n'être qu'humaine. Les Terriens sont trop petits pour contenir cette haine HÉNAURME ? Incapables de créer, les *iracundos* se font démolisseurs. Durant ce siècle, on a trouvé remède à bien des maladies ; a-t-on jamais cherché à guérir la rage humaine ? ¡ *Qué barbaridad* ! Je suis fatiguée de penser. Finie la philo !

(Retour de l'*excusado*.) Lorsque le vieux Canadien errant était au Japon, son éditeur a voulu l'emmener visiter Hiroshima : « Un homme a la liberté de regarder ou de ne pas regarder. Je n'ai pas voulu voir ÇA. En tant que Terrien, je tiens à garder encore un peu de fierté. » Et il s'est tu avec l'air de ne plus jamais vouloir parler.

Anecdote à inclure dans l'anthologie. Il a allumé un cigare cubain. La fumée blanche qui s'enroulait autour de lui a effacé ses cauchemars. Il a retrouvé son sourire :

— Dans les années vingt, je travaillais dans le cinéma. Notre équipe filmait un documentaire sur le fameux Pancho Villa qui faisait la guérilla dans les villages du Chihuaha, au Mexique. Le matin, sur les hauteurs, la lumière était belle, très favorable aux caméras. Pancho accepterait-il d'aider les techniciens à obtenir de plus belles images, où on le verrait mieux ? Après réflexion, le révolutionnaire a accepté de déclencher ses attaques tôt le matin... Action ! Pancho Villa, ses cow-boys, ses travailleurs des champs, ses artisans, ses mineurs attaquaient la dictature quand la lumière était plus claire...

*Note :* Je pousse la *carreta* du vieil invalide, son grand chapeau *five gallons*, son cigare. Cher journal, est-ce que je possède tout mon jugement ?

Rapport de la femme de ménage. Aujourd'hui, j'ai retrouvé sept certificats de mariage d'Oscar Dupont. Partout où il allait, il se mariait. Je n'ai trouvé aucun document de divorce. Des centaines de contrats d'édition. Des milliers de lettres de refus. Des contrats d'achat et de vente d'immeubles, chiffonnés parfois comme de vieux kleenex. Des lettres jamais ouvertes qui contenaient des chèques. Des lettres d'amantes : « Vous m'avez fait l'amour comme Chopin inventait la musique. » Des billets de train, de bateau, d'avion... Et un raton laveur, dirait Prévert.

Je lui ai suggéré de déménager dans mon *palomar* une partie de ses archives. Il s'est offusqué :

— Pourquoi une belle *chucha* douce dormirait-elle parmi des rebuts ?

Il va louer une autre chambre pour ses archives.

Je ne m'emmerde pas. *Eukaristo.*

**Même jour, plus tard**

Pourquoi le vieux décati a-t-il quitté le Canada ?

— Quand on a seize ans, il faut partir. À cet âge, je ne savais rien. Je ne comprenais rien. J'étais curieux. Je vivais derrière une grosse porte fermée. Je l'ai poussée. J'ai vu l'horizon. Bientôt, l'horizon était une autre porte fermée. Je l'ai poussée. Toute ma vie, j'ai poussé des portes. J'avais des jambes ; j'ai voulu marcher. J'avais des yeux ; j'ai voulu voir. J'avais des mains ; j'ai voulu toucher. J'avais un nez ;

j'ai voulu sentir. J'avais des oreilles ; j'ai voulu entendre. J'avais une bouche ; j'ai voulu goûter. J'avais une imagination ; j'ai voulu rêver. J'avais une mémoire ; j'ai voulu la remplir. J'avais un petit trait d'union entre les jambes ; j'ai voulu fusionner. J'avais une langue ; j'ai voulu parler. J'avais du temps ; j'ai décidé de ne pas le perdre.

— Vous êtes retourné au Canada ?

— Il y a bien longtemps… Parfois, je me demande si le pays existe encore. Puis j'apprends que les Canadiens ont gagné un match de hockey. Alors je sais que le Canada n'a pas glissé sous les glaces du Nord. *No hay isla feliz.*

Quand le señor del Puente m'a invité à la *Plaza de toros*, j'ai fait la remarque :

— Vous aimez aussi la corrida, comme Hemingway ?

Il est devenu si fâché qu'il s'est étouffé :

— Hemingway… Hemingway… Même s'il a grandi au Michigan, Hemingway ne connaissait pas la différence entre une vache et un taureau. À la vue d'une goutte de sang, ce grand héros militaire s'évanouissait comme une demoiselle. C'est moi qui l'ai traîné à sa première corrida. Pour qu'il accepte de me suivre, j'ai dû lui faire boire cinq gallons de sangria. Pamplona, 1923. Même s'il était *borracho*, il a regardé ça, pâle et dégoûté… Il était encore plus blême quand je l'ai emmené voir les melons de Rosa au bordel de Toronto. Pas de *cojones*, Hemingway ! Un *maricón*…

À bientôt, cher journal ; je vais applaudir *el toro*…

## Même jour encore, le soir

J'écrirai les mots qui suivent avec précaution. Je ne veux rien oublier. Quand je relirai ce récit, je me demanderai : est-ce que j'ai vraiment vécu ça ? Je vis, autour de ce vieux *wonga*, des expériences extraordinaires. Voilà la VÉRITÉ OBJECTIVE, comme dirait mon con de père qui passe sa vie à l'éviter.

Le vieux prince est entré dans l'amphithéâtre comme dans le salon de la *Casa de las putas*. On s'inclinait pour saluer le señor del Puente. Il savait le nom de chaque spectateur. Je n'ai pas eu à quémander de l'aide pour transporter son fauteuil dans les gradins. Il a sa place réservée à la *barrera*. Encore haut, le soleil dardait. De l'acier fondu qui coulait. J'ai demandé à mon vieux *padrino* :

— Pourquoi n'allez-vous pas du côté de l'ombre ?

— Même les pauvres s'efforcent de payer quelques pesos de plus pour s'asseoir du côté de l'ombre. Moi, je choisis le soleil. « *El sol es el mejor torero.* » Je veux le regarder bien en face. Il y a des taureaux braves et des taureaux couillons. *El toro* brave fixe des yeux le torero. Je n'ai pas peur du soleil... Quand il me dardera son épée dans la nuque, alors seulement je fermerai les yeux. Il ne faut pas fuir le soleil. Une personne n'est qu'une ombre passant sur la terre.

C'était ma première corrida. Je ne comprends pas encore pourquoi tuer un animal donne une érection. J'ai déjà été végétarienne pour faire chier mes parents. Plus sérieusement, je ne suis pas fière de ces humains qui tuent des animaux.

— Il faut apprendre à mourir, a dit mon vieux guide. Comme on apprend à vivre. *El toro* est un grand maître dans l'art de la vie et de la mort. Il est condamné. C'est pourquoi il ressemble tant à un homme.

Il a ouvert son journal pour lire quelques informations :

— Il va y avoir une mauvaise nouvelle demain, dans le journal.

J'ai répondu :

— Chaque jour, il y a des mauvaises nouvelles.

Il a insisté :

— Demain, tu verras la photo d'un homme mort que tu auras vu vivant aujourd'hui.

À travers les piaillements de la foule surexcitée qui anticipait le spectacle, il m'a expliqué : le *paseo*, l'entrée des toreros dans leur *traje de luces*.

Enfin, la porte du toril s'ouvre. Le taureau apparaît, impérial. Trois pas plus loin, il a compris qu'il est pris au piège. Le *banderillero* joue de sa cape pendant que le matador examine la bête : utilisera-t-elle la corne gauche plutôt que l'autre ? A-t-elle tendance à charger avec ses deux cornes ? L'ayant évaluée, le matador entreprend sa série de *verónicas*. Un peu à la façon d'une dame distinguée qui secoue son éventail, d'une seule main, *mano bajo*, il agite sa cape le plus près possible des cornes du taureau. L'origine du mot *verónica* remonte jusqu'à sainte Véronique qui a tendu son voile au Christ pour qu'il y essuie son visage en sueur et en sang. Je ne vois pas le lien, mais la tradition est la tradition.

Et le clairon annonce le premier de *los tres tercios de la lidia*. Les picadors entrent. Le taureau se précipite contre un cheval. Un picador enfonce sa pique à la limite exacte entre son cou et sa nuque.

Deuxième acte. Les matadors font des *quites* gracieuses. Ils pivotent, cape devant, cape derrière. Ils rivalisent de bravoure, d'élégance et d'invention. Ils s'approchent le plus près possible des cornes du taureau. Ils s'avancent là où il y a le plus de danger. Ils attirent le taureau le plus près possible de leur corps jusqu'à cet instant où ils sentent la pointe effilée de la corne. Les mouvements des matadors et les ondulations de la cape doivent être animés de noblesse, de sensualité. Je lui dis que la cape ressemble à la jupe d'une danseuse de flamenco. Il répond que je commence à saisir quelque chose. Bon. Avec ses explications, *yo tengo mucha vista* de la corrida.

(Pourquoi est-ce que j'enregistre tout ça ? J'écris des choses inutiles. Youpi ! je suis en train de devenir écrivain. *Shit !*)

Les matadors plantent leurs quatre paires de *banderillas* enrubannées dans la blessure ouverte par la pique des picadors. Il s'agit de ralentir la bête, de lui faire baisser la tête : donc de la préparer à recevoir la pointe fatale de l'estocade. Enragée, aveuglée par le sang, elle fuit d'un côté, de l'autre. Elle cherche à se venger.

Le clairon sonne. Troisième acte.

— L'heure de vérité, me prévient mon vieux compagnon.

Est-ce le moment de fermer les yeux ? Poussé par les exhortations de la foule, le torero s'approche encore plus du *toro*, lui impose la *muleta*. Le *toro* incline la tête. Le torero va l'estoquer, élégamment le tuer. Dans une révolte de son sang, de ses muscles, *el toro* se dresse. À l'instant où l'arme pénètre dans sa chair, la bête plante sa corne gauche dans le ventre de l'homme. L'habit de lumière devient l'habit du sang. L'arme n'a pas eu le temps de sectionner son aorte. L'animal charge avec le matador encorné. Le sang de l'homme et le sang de la bête se mêlent dans le sable de l'arène.

Le vieux devin avait raison. Il y aura une mauvaise nouvelle dans le journal de demain. Debout, la foule trépignait, hurlait, applaudissait, gesticulait. Hystériques, les gens sifflaient, hurlaient ; des femmes pleuraient comme si cet homme avait été leur bébé. Je crois bien que tous dégustaient le spectacle. Moi, j'étais dégoûtée. La mort n'est pas belle à voir. Celle d'Esteban Perez était horrible. Mon cœur a commencé à battre à toute épouvante.

**31 mars**

Ce matin, en première page, il y a une photographie de la tragédie d'hier : le fougueux *toro* et le malheureux Esteban Perez, comme un insecte épinglé. Sanglant. Il a pris ce qu'il a pris à la terre ; l'heure était venue de la rembourser par son sang. Les dieux mexicains sont satisfaits. Quetzal-cóatl sourit.

Deux aphorismes tombés de sa bouche, hier : « Un écrivain peut lire le journal de demain avant qu'il soit imprimé. » Il m'a dit aussi : « Un écrivain ne doit pas devenir célèbre. Un écrivain doit être inconnu comme un gisement de diamants. »

Après la corrida, j'ai voulu trouver *Mourir dans l'arène*, d'Héraclès Latendresse (Mexico, Costa-Amic éditeur, 1942). Je me souvenais d'avoir vu ce titre.

Ça se passe dans une ville cramée par le soleil. Sous ce projecteur incandescent, l'amphithéâtre est rempli de milliers de personnes. Au centre de l'arène, sont disposés trente-trois lits blancs. Dans chaque lit, un mourant. Le dimanche, à trois heures de l'après-midi, on sort des hôpitaux de la ville trente-trois agonisants, on les transporte dans l'arène où on les allonge sur les trente-trois lits. Il n'y a pas de plus grand spectacle que celui de leur agonie. Des milliers de spectateurs évaluent les agonisants, mesurent leur état, estiment leur résistance, jugent de leur détermination, surveillent leur respiration, encouragent leur résistance, applaudissent leurs efforts pour ne pas mourir, supputent leurs chances de survie, additionnent leurs halètements, choisissent leur candidat, parient sur les chances du plus endurant. Parfois gronde un murmure de réprobation « qu'on appelle *bronca*, à la corrida ». Si l'agonisant se laisse emporter trop facilement, la foule hue le faiblard, « comme à la corrida : ¡ *Mamarracho* ! »

La plupart du temps, les agonisants font preuve de bonne volonté. Mais un certain dimanche, vers trois heures de l'après-midi, raconte Héraclès Latendresse, un agonisant récalcitrant, un agonisant entêté, suffoquant, tout en os, sans chair, sans poitrine, sans muscles, avec un cœur comme un tout petit oiseau en cage, presque mort, déjà presque un

fantôme, se dresse tout à coup sur son lit. Miracle inespéré !
Il se lève, marche, trottine presque, entre les trente-trois lits
où l'on meurt lentement, il traverse l'arène, franchit le *callejón* entre l'arène et l'amphithéâtre, le petit homme nu et blanc
comme un ver grimpe par-dessus la *barrera*, il escalade les
gradins de l'amphithéâtre sous les applaudissements déli-
rants, il se fraye un chemin entre les spectateurs qui se bous-
culent pour toucher au champion. Et le fantôme qui n'est pas
encore mort, le fragile agonisant saisit la main d'une jeune
fille « si belle qu'elle embellit le bouquet de roses qu'elle tient
à la main ». L'ombre squelettique a une poigne déterminée.
Le fiancé de la jeune fille proteste : ¡ *cornudo !* ¡ *cornudo !* L'agonisant tire, entraîne son otage par-dessus la *barrera*, par-
dessus le *callejón* jusqu'à son lit. Subjuguée, la jeune fille doucement s'y allonge avec son bouquet. Le chasseur esquisse
une brève danse très païenne et se couche contre elle.

Pendant ce temps, quelques agonisants succombent
dans l'indifférence générale. On n'a d'intérêt que pour le lit
où un vieux sac d'os qui respire encore est pressé contre la
plus belle jeune fille de la ville. Les paris se multiplient. Les
mises augmentent. Va-t-elle s'échapper ? Le mourant va-
t-il, dans un ultime réveil de son instinct de mâle, trouver
la force de « rendre les honneurs » à sa conquête ? Comme
un vieux volcan du Mexique, son feu renaîtra-t-il ? Va-t-on
« voir son souffle s'éteindre dans l'œuvre d'aimer » ?

Au soir, l'agonisant respire encore. La jeune fille est paisible dans son lit. Tard dans la nuit, les parieurs s'enfiè-
vrent. À l'aube, il vit encore. Les spectateurs qui, l'un après
l'autre, ont succombé au sommeil, se réveillent. L'agonisant ne s'est pas encore endormi. Peu à peu, la foule
retourne à ses occupations quotidiennes. L'agonisant et la
jeune fille restent dans leur lit, au milieu de l'arène qu'un
« ciel d'airain calcine ». (Victor Hugo ?) Rien n'arrive ce
jour-là. Ni le lendemain. « Ni jamais. »

L'histoire d'Héraclès Latendresse se termine ainsi :
« Depuis plus d'un siècle, dans cette ville lointaine, sous un
soleil qui darde ses rayons de plomb en fusion, la foule se
rassemble dans l'amphithéâtre pour contempler les mystères de la mort et de la vie. »

Quelle étrange histoire ! L'auteur laisse les fioritures
aux dentellières. Moi, qu'est-ce que je fais avec mon vieux
spectre ?...

J'ai des poches sous les yeux. Je lis trop. *Caro diario*, je
lis trop et ne baise plus assez.

**1er avril**

Batteuse de moquette : c'est moi. Décapeuse de fenêtres :
c'est moi. Démolisseuse de toiles d'araignées : c'est moi.
Chasseuse de scorpions : c'est moi. Buandière : c'est moi.
Peintre en bâtiment : c'est moi. Baby-sitter : c'est moi. Le vieil
anachronisme tète son cigare cubain. De papier en papier, de
livre en livre, je mets à leur place les pièces du puzzle de son
œuvre inconnue. Pourquoi est-ce que je fais ça ? Je ne réussis
même pas à mettre de l'ordre dans ma petite vie. Je pénètre
dans la sienne à petits pas et il me semble que le cercle de la
mienne s'étend. Trouverai-je ma voie en errant dans le labyrinthe de la vie d'un autre ? Il est un vieil incendie que les
pompiers du siècle n'ont pas réussi à éteindre. Près de lui,
ma propre vie s'allume. J'ai envie d'éclater en millions
d'étincelles. Mais je ne veux pas vivre, au lieu de la mienne,
la vie du vieil oublié. Il a parcouru tant de territoires, il a
exploré tant d'amours, il a vécu tant de vies, il a inventé tant
de rêves, il a écrit tant de livres... Et moi, qu'ai-je fait ? Qui
suis-je ? Je ne veux pas être un ver de terre amoureux d'une
vieille étoile. Assez. Je n'habite ni dans le présent, ni dans le
passé, ni dans l'avenir. Est-ce la jeunesse ?

*Note :* Quand les garçons m'embrassent dans leurs
secousses de tendresse, pourquoi est-ce que je ne me sens

pas aussi grande que la mer où ils voudraient se noyer, plus grande que le ciel où ils voudraient s'envoler?... Je serai une sage petite flamme qui ne se laissera pas happer par cette vieille chandelle... Me voici devenue un *pompous ass*.

Je ne suis pas que deux jambes et deux bras pour pousser son carrosse. Je ne suis pas qu'un mannequin de plastique en bikini qui le fait loucher comme s'il voyait encore. Le vieil égoïste ne m'a jamais demandé mon nom. Que je ressemble à ma conne de mère! Toute occasion lui était propice pour pleurnicher sur son malheur. Elle aurait eu le ciel et elle aurait chialé...

Nous avons reparlé de la corrida, du rituel de la mise à mort. De l'estocade fatale. Je lui ai raconté un souvenir. Il a écouté. Dans ce temps-là, nous vivions en Inde. J'avais quatre ans. Je m'étais donné la responsabilité de nourrir les chats. Nous en avions plusieurs. Et tous les chats du voisinage savaient que, dans le jardin de notre résidence, une petite fille leur servirait du lait chaud. Les domestiques à la cuisine remplissaient avec des sourires affectueux les bols que j'allais déposer ici et là. Les chats amaigris se délectaient. Se pourléchaient. Puis s'endormaient jusqu'à ce qu'ils aient encore soif. Une fois, un cobra s'est amené. Il a renversé un bol de lait puis il est reparti. Je n'avais jamais vu un serpent. Je l'ai suivi sous les arbustes où il s'est arrêté. J'ai pensé qu'il voulait boire encore. Je suis allée chercher un autre bol de lait que je lui ai offert. Il a levé la tête. Sa drôle de tête plate oscillait au bout de son très long cou. J'ai pensé qu'il me disait merci pour le lait. J'ai compris que, comme les chats, il voulait se frôler contre moi. Je ne me suis pas enfuie. Il m'a asséné un coup de *pica*.

Le vieil ermite a dit: «Pour vivre, il suffit de ne pas se laisser attraper par la mort.» Cette fois, elle m'avait attrapée. Ma mère m'a crue morte quand elle m'a trouvée dans l'herbe. Si j'ai survécu, il doit y avoir une raison. S'il n'y a

pas de raison, je dois m'en inventer une. (Plus tard, écrire
là-dessus.)

**2 avril**

C'est décidé. Je vais écrire la biographie du vieux loup.
Quand je le pousse dans son fauteuil roulant, c'est un siècle
entier que je pousse. Il est tout à fait inconnu… Les gloires
littéraires du Québec ne sont pas dignes de lui curer les
ongles d'orteils. Occupés à contempler les merveilles de
leur petit nombril, ils ne voient pas l'Everest. La devise du
Québec : JE ME SOUVIENS. De quoi ? Je vais rendre Oscar
Dupont célèbre.

J'ai entamé un autre de ses romans. Signé Épaminon-
das Pigeon (Mexico, 1949), *Habla el pueblo*. La civilisation
est très avancée en 3333. Tout est inspecté, climatisé, désin-
fecté, filtré, contrôlé. Tout se fait au presse-bouton. Pour
organiser l'imprévu, corriger l'inattendu, on presse un
bouton. Si vous avez un désir, pressez le bouton approprié.
Faut-il penser ? Pressez le bouton : des appareils penseront
pour vous. Vous êtes triste ? Pressez le bouton : une machine pleurera pour vous. Vous ne savez comment parler à
la personne aimée ? Une machine prononcera à votre place
les paroles enchanteresses. Sur les autoroutes, la circulation
est automatique. La Machine du Gouvernement, avec une
logique mécanique, prend des décisions pour le grand bien
de tous. Les travaux comme les jeux sont automatisés. Les
citoyens n'ont plus qu'à vivre ; les machines font le reste.
Quand vient le temps de mourir, ils pressent le bouton.
Leurs corps seront recyclés.

Je ne suis pas encore rendue à la fin du roman mais j'ai
triché un peu. J'ai feuilleté le dernier chapitre. Le peuple
devient horripilé de sa liberté. Ne pouvant plus supporter
son oisiveté, il déteste son bonheur. Il s'insurge contre l'ai-
sance à laquelle on l'a condamné « comme au bagne ». La

foule s'empare de la ville malgré les puissants gardiens mécaniques de l'ordre. Les trois dernières pages décrivent une émeute, un saccage, la destruction du pays. À la fin, chaque bouton a été arraché, piétiné, écrasé. Les citoyens réclament les droits ancestraux dont « ils ont été dépouillés par la Technique ». Rideau.

J'ai trouvé, aplatie sous une caisse de bouquins, une antique casquette des Canadiens, l'équipe de hockey. Allait-il, cette fois, accepter de me parler du Canada ?

— Quand êtes-vous retourné au Canada ?

— J'ai inscrit dans mon testament que, si je meurs, je ne veux pas y être enterré. Un homme libre refuse d'être enterré là où il est né.

— Vous aimeriez retourner au Canada mais pour une autre raison que votre enterrement ?

— Ma belle *chucha* douce, pourquoi es-tu si certaine que je vais mourir ?

Le vieux rapace n'est absolument pas résigné à mourir. Plutôt, comme Mahomet, il va monter au ciel en laissant sur le sable de cette plage du Mexique les traces des roues de son fauteuil. Quand le vieux mortel immortel s'envolera, je m'accrocherai, serrant ferme les poignées de son fauteuil.

— Savez-vous que beaucoup de Québécois veulent se séparer du Canada et proclamer leur indépendance ?

— Ce qui est uni veut se séparer ; ce qui est séparé veut s'unir. C'est la vie. On est de petites bulles dans cette soupe qui bouillonne. On n'a pas encore réussi à mesurer la circonférence du pot. Alors, l'indépendance… *Madre de Dios*, vive la liberté ! Mais il n'y a de liberté que surveillée !

Arrêt à la terrasse du *Bolivar Grill* pour une margarita. J'ai décidé de lui demander :

— Pourquoi ne m'appelez-vous jamais par mon nom ?

— Te penses-tu si spéciale que je pourrais me souvenir de ton nom ?

— *Shit !*

C'est le seul mot qui m'est venu à la bouche. Sa remarque m'a griffée là où je suis sensible. J'ai eu envie d'abandonner le vieux bébé dans sa poussette. Il faisait pitié : seul au monde, prisonnier dans son fauteuil roulant... condamné à se faire transporter comme un sac... après avoir bourlingué dans le vaste monde...

— *Shit !* a-t-il répété. Même ce mot-là aussi, il faut le dire avec respect... La Grande Muraille de Chine : l'as-tu vue ? Elle est hérissée de tours. La nuit, pour prévenir les gardiens que l'ennemi s'approchait, on allumait des feux de tour en tour, et l'on préparait les armes. Ces feux qui sauvaient la Chine jaillissaient de la merde. Les manuels militaires du temps recommandaient l'utilisation de la merde de loup : elle donne une lumière plus brillante. Rappelle-toi, dans la merde, il y a aussi de la lumière.

« Te penses-tu si spéciale ? » a-t-il ajouté. Je me suis dit à moi-même ce que je n'osais lui dire : « Non, je ne suis pas spéciale, mais je vais vous redonner la vie. Vous êtes inconnu comme si vous étiez mort il y a un siècle. Je vais raconter votre vie. Vous allez renaître. Je vais vous ressusciter. »

Comme s'il avait lu ma pensée, il a levé son verre :

— ¡ *Salud !* belle *chucha* douce.

**3 avril**

Ce journal me vole tant d'heures. Je devrais vivre plutôt que de raconter. *Caro diario*, je te dissimule dans mon sac avec les colliers et les chèques de voyage, pourtant il sait ce que j'écris. Je me suis plainte qu'il ne prenait même pas la peine de retenir mon nom. Ce matin, comme s'il avait lu cette page, il m'a annoncé :

— À ma dernière seconde sur le pont qui mène à l'autre rive, je vais dire: «Sophie, donne-moi une vigoureuse poussée!» *Long live life, goddam it!*

Peut-être n'a-t-il pas besoin d'ouvrir mon cahier pour y lire ma prose? Tout simplement, il lit au travers de moi. Ah, mon nom n'est pas si important! Qu'il l'oublie!

Ma mère trouve que ces vacances s'éternisent. «La vie n'est pas faite que de vacances, m'a-t-elle dit avec sa prévisible sagesse. La vie coule bien vite. Prépare ton avenir. Autrement, tu vas te retrouver sans personne ni rien à un moment où tu auras besoin de quelqu'un et de quelque chose. Tu seras comme moi.» Pour elle, la vie ne se conjugue pas au présent.

Ma mère a inventé l'inquiétude. Si elle s'aperçoit tout à coup qu'elle est sereine, elle s'inquiète. À une personne qui n'est pas inquiète, elle fait un numéro jusqu'à ce que l'autre subisse une attaque d'angoisse. Elle ne tolère pas que vous ne vous tracassiez pas. Tant de dangers menacent votre vie. Tant de malheurs surviennent. La lecture d'un article dans une de ses revues pour bonnes femmes l'affole: «La Terre est bombardée tous les jours par des débris tombés de l'espace; les humains disparaîtront comme les dinosaures, détruits par une météorite.» Une inquiétude pour chaque minute de sa vie, une cosmogonie d'inquiétudes pour les siècles à venir. *Pues mi Dios ha nacido a penar.* Quand elle avait deux ans, son père a abandonné sa mère. Si sa mère était hystérique comme elle l'est, le bonhomme a bien fait de se sauver. Il y a assez d'emmerdements dans la vie sans avoir à supporter en plus l'inquiétude. Être larguée par son père à deux ans, cela a dû être un choc. Mais ça ne lui donne pas le droit d'emmerder tout le monde. Toujours ces conversations que j'endure comme un mal de dents. Je n'ai jamais de plaisir à parler avec ma mère. Elle ne me veut que du bien, je sais. Trop de bien. Selon ses prédictions, je suis toujours en train de faire quelque chose que je vais regretter plus tard. Les amis? «Méfie-toi, ton père a été mon ami...» Ma mère et moi, on se quitte toujours malheureuses. Mon père n'a pas pu supporter ce pessimisme, je le comprends. Même moi, j'ai eu envie de divorcer d'avec elle. Un diplomate ne peut pas succomber au pessimisme. Il est conscient que son travail est complètement inutile mais il le fait avec le sourire de celui qui possède le secret pour déplacer des montagnes. Mon père a le sourire du diplomate incrusté dans le visage même quand il se donne un coup de marteau sur le doigt. Oublions tout cela. Je ne veux pas perdre mon temps à blâmer mes ancêtres. *Leben und leben lassen.*

Leçons apprises de ma mère: chaque jour cache un danger; je regretterai mes actes plus tard, quand la vieillesse foncera sur moi «beaucoup plus vite que tu ne le penses»; le siège de la bicyclette «provoque la stérilité chez la femme et l'impuissance chez l'homme. Ton père, par exemple, a beaucoup roulé à bicyclette...»; le café cause le cancer de la bouche; le soleil cause le cancer de la peau; le lait provoque le blocage des artères; les œufs déclenchent des arrêts cardiaques; le poulet est rempli d'hormones qui polluent le système immunitaire; le poisson est trempé dans le mercure; les légumes et les fruits sont empoisonnés par les pesticides. La vie est une aventure DANGEREUSE! «Et que fait ton père? Il fait la chasse aux poulettes qui sont souvent plus jeunes que toi, sa fille. ET IL N'A PAS HONTE! Moi, j'ai honte pour lui. Et pour toi.»

Assez! Assez!

**4 avril**

Quel bric-à-brac que l'œuvre d'Oscar Dupont! Il a écrit dans au moins trois langues. Ses éditeurs étaient partout, de Beauceville à Berlin. Quel bazar ! Son œuvre (ce que j'en connais) ne ressemble à aucune autre. Ça n'a aucun style ; c'est pourquoi ça a beaucoup de style. La littérature du señor del Puente n'est pas une littérature pour profs. Dieu merci !

Hier et ce matin, j'ai lu un roman traduit du portugais par Platon Tremblay. (G. Oudin et C^{ie}, Éditeurs, Paris, 1947.) De toute évidence, c'est un texte d'Oscar Dupont, qui aime troubler les pistes. La planète Unanimus est habitée par des singes à longue queue. Chaque singe produit un autre singe comme l'arbre produit un fruit. L'enfant, dès sa naissance, s'agrippe à la queue de son géniteur. Les singes d'Unanimus sont condamnés à ne pas mourir. L'ancêtre, le premier habitant de la planète, est encore vivant, accroché de ses deux mains à une branche horizontale du seul arbre de la planète, un arbre « qui a la force de l'histoire », spécifie l'auteur. Toute sa descendance, depuis des milliers d'années, est suspendue à sa queue dans l'espace. Cette population se nourrit des astéroïdes qui s'épanouissent dans « ce ciel inconnu comme des pommes dans les vergers de Chambly, au Canada ». Immortels, accrochés les uns aux autres depuis des millénaires, liés par l'ancêtre à la planète originelle que la majorité n'ont jamais vue que de très loin, ces singes savent d'instinct que chacun d'eux est un maillon indispensable de la chaîne de son peuple. À la fin, l'un d'eux, au bout de la chaîne, touchera la planète Désirée, le rêve de ce peuple de singes, et s'y accrochera comme l'ancêtre est accroché à la planète Unanimus. Depuis des millénaires, l'espoir s'est transmis d'un singe à l'autre qu'un jour, ils atteindront la planète Désirée où tout est herbe magique, repos et bonheur. Dans cette attente sans faille, toute la lignée des singes pend dans l'espace.

Parfois, l'un des singes, surtout un jeune, remet en question la sagesse de ce rêve. Au lieu de s'agripper à la

queue de son prédécesseur, ne serait-il pas plus raison-
nable de tenir une jambe ? Parfois, un désespéré, au bout
de la ligne, se laisse tomber dans l'inconnu d'où aucun
singe n'est jamais revenu, mais, conclut Platon Tremblay, ces singes sont « d'une race qui ne sait pas mourir ». (Est-ce dans *Maria Chapdelaine* que j'ai aussi lu ces
mots-là ?)

Platon Tremblay, c'est Oscar Dupont. Aucun doute. Les
mots sont posés l'un sur l'autre comme les blocs d'un mur
de ciment. Suis-je sa seule lectrice au monde ?

**5 avril**

Je n'ai jamais tant gribouillé de ma vie. « Oh, comme il
faut se monter le bourrichon pour faire de la littérature et
que bienheureux sont les épiciers » (qui ne font pas de littérature). Je me prends pour Flaubert. À part ça, je porte
mon bikini et je pousse mon vieil impotent qui se laisse
parader comme le Dieu Créateur. C'est lui qui crée ma vie
en ce moment. Il m'a dit :

— Je m'ennuie de ma mère... La pauvre femme est
morte, noyée dans les larmes que je lui ai fait verser... Je
voudrais qu'elle me prenne dans ses bras, qu'elle me
bichonne, qu'elle invente des mots comme lorsque j'étais
son bébé.

— Vous avez des enfants ?

— Plusieurs. J'en ai un en Chine. Il doit être grand-père
maintenant. Sa mère était la petite Gain Lin.

— Vous êtes allé en Chine comme Malraux ?

— Malraux : c'en était un qui n'avait pas le nombril sec.
Un petit cul rose. Un mythomane. Pire : un touriste... Un
de ceux qui visitent un pays en se pinçant le nez. De retour
dans leur bled, ils entreprennent de l'aimer comme ils
n'ont jamais aimé leur mère.

— Vous n'aimez pas beaucoup les écrivains.

— Un écrivain n'aime que soi. J'ai raconté mon passage en Chine. Tu trouveras parmi mes livres *Les relations du frère Quelque chose*, publié à Tournai, en Belgique, si je ne me trompe pas. Ou bien chez le bon Adjutor Ménard, imprimeur, vers 1917.

Je cherche encore ce livre. Mais il m'a raconté l'histoire. Tout ça est-il du bourre-mou ? Je ne crois pas. À Paris, le vieux flambard, qui était jeune à ce moment-là, crevait de faim. Il était devenu rapin et ses croûtes ne trouvaient pas preneur sur le boulevard Montparnasse. Se promenant pour tromper sa faim, il a aperçu la porte ouverte d'un couvent. Les moines donnaient à manger à ceux qui avaient faim. L'endroit était rempli d'artistes. Les généreux nourriciers étaient missionnaires. Un groupe allait bientôt s'embarquer pour la Chine. L'artiste a pensé que la Chine valait bien une conversion. Après s'être décarêmé, après avoir mangé et bu, il a fait une confession générale, un décapage en profondeur. Puis il est revenu à cette table. Il mangeait comme saint Jean-Baptiste dans le désert, ne riait pas, refusait la piquette et ne mouillait ses lèvres que d'un peu d'eau. Il allait à la chapelle joindre les mains et prier. Son expérience des affaires matérielles et des voyages furent des atouts considérés en sus de sa ferveur. On lui offrit de revêtir une robe d'humble frère. Il refusa sous prétexte qu'il était un mécréant. Devant tant d'humilité, on insista. Finalement, le frère Oscar Dupont quitta la France pour la Chine en 1930, égrenant son chapelet.

Les étrangers se disputaient le territoire de la Chine. L'anarchie faisait rage. Différentes factions armées se déchaînaient pour se détruire. Les banques, les fabriques, les moyens de transport étaient sous l'emprise étrangère. Même les douanes. La Chine était prostrée dans une humiliante misère. Des hordes d'enfants, les pieds pourris par la saleté, mendiaient. Des cliques s'arrachaient les profits. Des mendiants croupissaient dans les rues, sans toit, à côté de ces cartons où ils avaient écrit l'histoire de leurs malheurs. Abrités sous leurs tentes en tissu matelassé qui buvaient l'eau des pluies, les familles gelaient l'hiver malgré le feu qui enfumait l'abri. Dans les campagnes, on kidnappait les vierges pour les offrir aux hommes d'affaires qui passaient dans la région. Les gangs s'affrontaient pour le contrôle du commerce de l'opium. La pègre prélevait une taxe sur le travail de chaque putain, sur chaque pipée d'opium fumée, sur chaque objet vendu dans une boutique. Les Chinois transportaient les fardeaux des Blancs, tiraient les pousse-pousse dans lesquels les Blancs plastronnaient. « J'ai vu, dit le vieux missionnaire, des enfants plus maigres que ceux qui ont été trouvés dans les camps nazis. Dans ma région, il y a eu la sécheresse. J'ai vu les Chinois boire l'eau des caniveaux. Il y avait la famine. Dans certaines campagnes, on ramassait les cadavres avant qu'ils soient enterrés pour les débiter. Les arbres étaient remplis d'enfants qui y grimpaient pour en ronger l'écorce. Dans le Yunnan, les enfants travaillaient dans les mines où les adultes étaient devenus bossus à force de se tenir courbés dans les galeries trop basses. Les enfants transportaient le schiste dans des paniers ; c'était trop lourd pour eux. Et leur chair devenait verte à cause de l'arsenic. Confucius aurait dit que les femmes sont inférieures. Les pères vendaient les filles. Quand les Japonais ont attaqué Shangai le 28 janvier 1932, il pleuvait des balles sur la route de Junkong. J'ai vu un soldat chinois tomber. Aussitôt, un autre soldat a planté sa baïonnette dans la poitrine de son compagnon, lui a ouvert le torse, y a plongé la main, a arraché son cœur pour l'exhiber devant les autres soldats. Le cœur chaud encore battant fumait dans l'air froid de ce matin-là. Pour le frère Quelque chose, missionnaire, l'heure était venue de partir. Les Chinois avaient plus besoin de Mao que de Jésus. »

Le vieux voyageur sur la terre a conclu: «Il y a des matins où cette Terre n'est pas très belle à voir... Quelle barbarie que ce siècle de la Science...»

Note: J'écoute le vieux galopin, j'écoute comme une fille de diplomate. Je vais vérifier les faits de ce chapitre de l'histoire... Boire les paroles de quelqu'un, ce n'est pas vivre. Se laisser embringuer non plus. Mais plus j'écoute sa voix, plus je découvre que *j'appartiens à la terre*, comme disait Gatien Lapointe, un autre poète oublié. Je ne suis plus cette bulle de savon qui flottait loin de la vie réelle, dans l'insignifiance.

**6 avril**

La nuit: fontaine de pensées. 1. Quand toutes les étoiles seront éteintes, qui se souviendra de leur brillance? 2. La vie devrait se déguster comme une sucette à la fraise. 3. Liste des choses qui ne goûtent pas bon: la première cigarette, la première gorgée de bière, la première fois qu'on fait l'amour, l'adolescence...

Pendant que le vieux bretteur parlait de la Chine au *Bolivar Grill*, ses compagnons s'amusaient, l'imaginant revêtu de la bure du missionnaire. Pour eux, la Chine est bien plus loin que Mars. Pourquoi aller en Chine? «On n'a qu'une vie, on n'a qu'une planète. Il faut aller dans tous les recoins de sa vie et tous les recoins de la planète.» Médusés, les compagnons. Ils n'iront jamais en Chine. Ils n'iront même jamais au restaurant chinois qui vient d'ouvrir de l'autre côté de la rue.

J'ai installé de nouveaux rideaux dans son appartement. Les torchons qui pendaient aux fenêtres étaient aussi poussiéreux que le chemin. Je range. J'organise. Je démêle les livres qu'il a écrits de ceux qu'il a lus. J'ai dénombré cent dix-sept pseudonymes différents. Je classifie ses papiers: manuscrits, lettres, contrats, notices d'institutions financières, photographies, articles. Ma propre vie s'est arrêtée. En même temps, je sais que je vis des instants essentiels. Je note tout. Mon écriture est la ligne sismographique des tremblements de mon cœur. Bien. La vie est enceinte de moi : je vais bientôt naître. Voilà comment je me sens. Ça n'a aucun sens ! Oui, je m'amuse avec cette vieille poupée qui parle, fume un cigare cubain et fait pipi.

J'apprends. J'écris. Bientôt, je ferai. Faire : voilà l'important. Comme l'oiseau : faire son nid. Puis, comme l'oiseau, voler. Voilà le plus important : voler. Fin de ma tirade philosophique. Je suis cucul quand mes idées chaussent des talons hauts.

J'observe. J'enregistre. Je suis une bonne élève. J'écris sa vie. Avec plaisir. Je dois toujours penser : c'est sa vie. Je ne dois pas croire : « L'autre, c'est moi. » Pour l'instant, je suis le ver de terre qui contemple une étoile. Je m'aperçois que la vieille étoile brille d'une clarté toute particulière quand le ver de terre est près de lui. Le petit ver a aussi le droit de devenir une étoile. (Je me suis relue : Miss Univers Cucul la praline, c'est moi !)

**7 avril**

Encore de la philosophie : « C'est dans la nature des femmes de créer de l'ordre, comme c'est dans la nature des hommes de créer le désordre. » Ce n'est pas d'Aristote, c'est de ma mère. Un peu piteuse de n'être pas un homme mais fière d'avoir le don de l'ordre, j'allais dans ma chambre ramasser poupées, jouets, cuillers, fourchettes, trognons de pommes, livres. C'était hier. Et aujourd'hui ? Regardons objectivement la situation. Qu'est-ce que le vieux pirate a produit ? Un invraisemblable désordre. Et qu'est-ce que je fais ? De L'ORDRE. Et j'en tire même une certaine satisfaction ! Mon père assure qu'il n'a jamais rencontré une femme qui n'était pas masochiste. Oui, masochiste je suis ! Souvent, examinant une relique de la vie de la vieille *cucaracha*, je m'exclame : « Quelle vie vous avez eue ! » D'habitude, il n'entend pas. Ce matin, il a répondu : « Mon cœur n'est pas tout à fait mort car il tremblote quand tu te penches et que j'aperçois tes belles poires. » (Titre d'un livre à faire : *My Life as a Pinup Girl*.)

« Quelle vie vous avez eue, dis-tu ? Je n'ai pas parcouru le quart de la Terre et la planète n'est qu'une poussière dans la constellation de la Vie. Je n'ai pas vécu le quart de ma propre existence… La Vie passait comme un train dans la vallée mais je n'étais pas toujours à bord. Une existence humaine est une œuvre inachevée. »

Alors, il m'a regardée d'une manière qui m'a mis des larmes aux yeux. Le vieil enfant m'a dit, suppliant, comme si j'avais pu l'aider : « Je voudrais être excité, sortir de mon cercueil, aller me perdre très haut, sentir mon cœur s'exciter, explorer ce que je n'ai pas encore vu, ressentir ce que mon corps n'a jamais goûté, je voudrais voler, brûler, me dissoudre, me diluer. Je voudrais encore sentir la vie comme le vent dans la voile. Je voudrais sentir la vie comme l'eau qui fait tourner les turbines. Je voudrais sentir que je ne suis pas une momie ¡ *Madre de Dios* ! Je veux vivre, ¡ *puta madre* ! Je veux sentir que je suis en vie ! »

Il était en colère, le pitoyable vieil homme dont les jambes sont trop molles pour le porter et dont les bras sont trop faibles pour frapper. Sa colère était inutile ; il s'est mis à pleurer. Autrefois, il aurait sans doute brisé quelque chose. Aujourd'hui, ce tourbillon de révolte s'est transformé en quelques larmes sur ses joues. Comme une mère, j'ai essuyé ses yeux. Après un silence, il a recommencé à parler : « Je ne sais pas encore ce que je suis venu faire ici. Je voyage dans un vaisseau spatial qui s'appelle la Terre. Je ne sais pas d'où il est parti. Personne à bord ne sait. Je ne sais pas où il va. Personne à bord ne sait. Sur quel rivage inconnu va-t-il se poser ? Est-il à la dérive ? Va-t-il se briser sur quelque récif ? J'interroge cet espace mystérieux où nous errons. Chaque pointe lumineuse est une lettre d'un grand livre que personne ne sait déchiffrer. »

Il s'est apaisé. Il n'était plus ce vieil enfant. Il était redevenu un vieil homme. Avec un peu de malice dans les rides autour de ses yeux, il m'a demandé :

— Connais-tu les bousiers ? Ces insectes naissent dans la bouse des vaches. Ils y passent leur vie ; c'est leur planète. C'est une idée pour un roman... En général, les gens pensent que le monde finit à la limite de leur village. Personne ne dit : le cosmos est ma maison et, un peu plus loin, derrière, je cultive mon jardin.

» Voici mon idée pour un roman. Prends des notes, tu l'écriras quand tu voudras. Une bonne idée demeure une bonne idée. Un couple de bousiers bourgeois vit dans sa bouse de banlieue, bien jolie, bien rangée, bien meublée selon le goût des magazines de mode. Après le travail, on est heureux de retourner à sa bouse. Quand les bousiers partent en vacances dans l'herbe, ils s'ennuient du confort de leur bouse. Ils sont heureux même si parfois ils souhaiteraient vivre dans une de ces bouses hollywoodiennes comme ils en voient à la télé, quand ils regardent comment d'autres bousiers vivent. Les enfants des bousiers grandissent. Le temps vient de quitter la bouse familiale ; ils emménagent dans leur propre bouse, plus modeste, où ils espèrent, un jour, vivre mieux que leurs parents.

» Une nuit, une comète paraît dans le ciel au-dessus des bouses endormies. Un enfant de bousier, assis sur le toit de la bouse familiale, un enfant un peu étrange, un enfant qui n'est pas comme les autres, attrape la queue de la comète, comme les désespérés du temps de la crise économique s'agrippaient aux trains. Pendu à la comète à la manière d'un acrobate à son trapèze volant, l'enfant de bousier s'envole loin du pays des bouses.

» Voilà l'idée de mon roman. Tu n'as plus qu'à répéter mon histoire en plus de mots.

Vieille muse, vieux museau, ça ne sera pas si facile !

### 9 avril

*¡ Mierda !* Il est devenu aveugle. Simplement : comme on oublie ses lunettes quelque part. Triste ! Triste ! Quelle tristesse ! Ce matin, il a dit : « Voudrais-tu allumer la lumière ? » Le matin était aveuglant. Je me suis approchée de lui. Il tenait son livre à l'envers. Était-ce une autre de ses taquineries ? *L'Odyssée* d'Homère, qu'il appelle son toutou : ce livre a vagabondé dans le siècle avec lui. Il n'a pas besoin de lire ; il le connaît par cœur. Il le récite comme d'autres le *Pater noster*. Son livre à l'envers : je souriais, prête à rire de sa facétie. Il s'est impatienté. Il a cogné le livre contre ses cuisses. « Je ne peux pas lire. Pourquoi gardes-tu les tentures fermées ? Haïrais-tu la lumière ? » Le ton de sa voix était autoritaire ; j'ai eu envie de remettre ma démission au vieux dictateur. *¿ Qué pasa ?*

C'était bien étrange. Les tentures étaient ouvertes. Le soleil déversait ses rayons dans la pièce. Je dois être une mère au plus profond de mon instinct. Voici les mots qui sont montés à mes lèvres : « Oui, je vais ouvrir les tentures. » Je les ai secouées un peu pour que les anneaux fassent du bruit sur la tringle. Un moment plus tard, il a dit doucement : « Les tentures étaient déjà ouvertes, n'est-ce pas ? » Il a refermé son *Odyssée*. « La lumière cette fois est bien éteinte. » Il s'est reculé dans son fauteuil. Puis il a calculé comme, dans un pays étranger, on vérifie une monnaie peu familière : « Mes yeux ont vu autant qu'ils ont pu. Bah ! je m'en fous s'ils ne peuvent plus voir. » Pourtant, il faisait encore des efforts pour que ses yeux transpercent l'opacité. Aucun doute, ils étaient bien éteints. Ça m'a donné le frisson. Il a dit : « Je suis retourné dans la nuit d'où je suis venu. Sans savoir pourquoi on m'a envoyé dans la lumière. Je ne veux pas que ce soit un jour triste. Apporte une bouteille de *vino tinto*. Ma belle *chucha* douce, tu vas me lire ce passage où le Cyclope se fait crever un œil par les compagnons d'Ulysse. »

## 10 avril

*Caro diario*, à l'université, un prof nous a raconté ceci : un vieil écrivain russe, qui n'avait jamais obtenu de succès, donna ce conseil à un écrivain débutant :

« Fais-toi une règle d'écrire journellement deux, trois heures... Tu arriveras à la dextérité et tu seras écrivain... » Ce jeune écrivain est devenu Gogol.

J'écris ces notes. Je persiste. Depuis longtemps, je n'ai pas raté une seule journée. Je m'impose ce pensum. Au lieu d'aller jouer au soleil. Ou sous la lune. J'ai accepté ce rôle de nonne serviable. Je pousse dévotement le pape incroyant. Le vieux marin revient au port de l'ombre alors que moi j'aborde la rive de la lumière. Je commence ma vie. Le nouveau millénaire et moi commencerons ensemble.

## 11 avril

Mauvaise nuit. Les initiales de mon vrai nom sont SS. Je n'avais jamais prêté attention à ça : SS. Je n'avais jamais estimé que ça avait quelque importance. Et cette nuit, SS, c'est soudain comme une balafre au visage. SS : Souffrance Souffrance. Pourquoi mes parents, si diplomates, m'ont-ils infligé ces initiales ? Ont-ils été distraits ? Indifférents ? SSympathiques ? Est-ce qu'ils ont voulu décorer leur petite fille de ce tatouage : SS ? Pourquoi est-ce que je pense à ça aujourd'hui ? Ça m'agace. Pourquoi est-ce que je me torture ? SS. Est-ce que j'y peux quelque chose ?

SS : mes initiales vont-elles peser sur mon destin ? SS : *what's in a name* ? SS sur la couverture d'un livre ? Je vais

changer mon nom. Me voici coquette. Coquette et préoccu-
pée : me voici écrivaine. *Shit !* Écrivain.

Mon vieil aveugle souffre de n'avoir pas sa ration de
lumière. Incessantes questions. Les pêcheurs sont-ils ren-
trés ? La barque bleue est-elle sur la plage ? La pêche
a-t-elle été bonne ? Les femmes sont-elles venues chercher
le poisson frais ? Y a-t-il des enfants aux environs ? Vois-tu
les goélands ? Volent-ils bas ? Les pêcheurs les nourrissent-
ils ? Mes réponses sont appliquées. Je veux que mes mots
l'aident à voir. On dit que le poète « donne à voir ».

Sans patience, le vieux lion veut retourner dans sa cage.
Je sirotais mon café en craignant ses prochaines paroles.
J'écoutais sa respiration. Il a dit : « Le couvercle de mon cercueil est fermé. Je veux reposer en paix. » Son souffle hale-
tant n'allait-il pas exploser en d'autres mots sinistres ? « Il
n'y a rien à voir ici. »

Un peu plus tard, je l'ai entendu geindre. Je me suis
précipitée dans sa chambre : « Maman ! je suis tombé dans
un trou noir. » Il était assis dans son lit et ses mains tendues
cherchaient celles de sa mère.

Évidemment, je ne suis pas sa mère. Je suis une femme
qui pousse son fauteuil roulant. Je suis une femme qui
découvre ses romans oubliés. Je suis une femme qui veut
raconter sa vie. Mais j'ai fait ce qu'une femme fait. Une
femme est mère éternellement. J'ai pris les mains du vieux
mendiant fatigué. « Maman, il y a si longtemps que je ne
t'ai vue. Si longtemps. Je suis un mauvais fils mais je ne t'ai
pas oubliée, maman. Es-tu encore belle ? J'aime notre petite
maison grise. Je vais m'asseoir à la fenêtre, sur la seconde
marche de l'escalier, et observer les passants… »

Puis il y a eu un long silence. À l'écouter, j'ai eu froid.
On peut avoir froid au Mexique. Comme du givre entre les
omoplates. Froid à mon âme. Ma vieille momie est demeu-
rée silencieuse : dans un autre lieu, un autre temps. Impas-

sible. Soudain, dans ce visage de plâtre, entre ses cils blancs, une étincelle a brillé, qui est devenue une larme. Je l'ai regardée couler dans les sillons de sa joue : « Maman !... Pourquoi ne réponds-tu pas ?... Maman, j'ai peur dans cette chambre noire. Maman ! Je sais que tu m'entends. Viens me prendre dans tes bras. Si tu n'es pas là, ton petit garçon ne peut s'endormir. Toi aussi tu aurais peur si tu étais dans cette nuit. Il fait si noir, je ne te vois pas, maman. Pourquoi ne viens-tu pas ? Où est-ce que je vais aller, si tu ne tiens pas ma main ? Je ne peux pas marcher tout seul quand il fait si noir. » Après avoir pleurniché comme un enfant, tout à coup, il a hurlé avec une voix d'homme révolté par sa blessure : *Hier liegt der Hund begraben !*

J'étais terrifiée. J'ai jeté une écharpe sur ses épaules. Je n'osais m'approcher, le rassurer, le toucher. Il aurait peut-être brisé ma main dans sa main glaciale. Je n'osais desserrer les lèvres. Je n'avais que des mots stupides à dire. Le silence de sa mère était plus précieux que mes paroles. Je me suis retirée.

J'aurais pu recommencer à classer des lettres, des billets de train, des notes de restaurants, d'hôtels, des bordereaux de banque, mais je voulais me sauver, aller plonger dans la mer, aller au bar boire une margarita, voir des gens jeunes qui ne sont pas des grands blessés du siècle. Je ne pouvais le quitter dans cet état. J'ai pris au hasard un de ses romans. Signé Aristophane du Trécarré, publié chez les frères Berthaud à Lyon en 1941.

## Après minuit

(Je ne dors pas encore.)

En 2019, les chimistes ont dompté le puissant pouvoir des atomes. Les humains, pour la première fois dans leur histoire connue, sont les maîtres de leur destin. On accourt à la pharmacie comme autrefois on allait à l'église, à la synagogue ou à la mosquée. Un homme se juge-t-il trop petit : il avale quelques comprimés et, trente-trois jours plus tard, il atteint la taille convoitée. Une dame n'aime pas son visage ? Quelques comprimés lui donneront les traits de son actrice préférée. Une personne souhaite-t-elle être un lion plutôt qu'un humain ? Quelques sirops, des capsules, un changement de régime corrigeront son destin et la rendront aussi sauvage qu'elle le souhaite. Les Noirs peuvent devenir blancs. Les Blancs peuvent devenir noirs ; cependant, précise l'auteur, la demande est plutôt faible. Vous pouvez choisir d'avoir les yeux bridés ou non, vous pouvez déterminer la couleur de vos yeux. Aux vieillards, des vitamines redonnent la jeunesse. Les dos bossus, les pieds bots sont redressés par les médicaments appropriés. Tous sont égaux devant cette nouvelle loi. Les intelligents et les idiots peuvent choisir de devenir plus intelligents ou plus idiots. Il suffit de prendre les comprimés appropriés. Maître de son destin, chacun peut devenir son propre créateur. Chacun devient son propre père et sa propre mère. Les inégalités, les injustices de la création, de l'histoire, de l'atavisme sont enfin corrigées. Voilà ce que je comprends de ce livre après en avoir lu quelques dizaines de pages.

Mon vieux géant, dans la pièce voisine, dialogue avec l'autre monde. La concentration me manque pour lire. Au dernier paragraphe de son ouvrage, Aristophane du Trécarré conclut : « En dépit de la nouvelle liberté conquise, les Terriens ne sont pas heureux. »

Aussi bien être totalement franche : le cœur à l'envers, l'estomac retourné, la cervelle abasourdie, les paumes humides, voilà comment je me sens. Mon âme est toute chavirée parce que j'ai vu mon vieux monument réclamer sa mère. Devant la froideur du monde obscur qui l'accueille, le vieil homme cherche le sein maternel.

Je suis une mauvaise enfant. Je ne supporte pas ma mère. Faut-il devenir vieux pour devenir un bon enfant? Est-ce que les mères sont moins insignifiantes quand leurs enfants sont devenus vieux?

Pour terminer la journée, dessert poétique : le temps n'a pas de commencement, l'espace n'a pas de fin.

**12 avril**

Il a demandé de retourner à la corrida. Mais il ne voit plus. Peut-être veut-il entendre? Pousser le fauteuil du señor del Puente dans l'amphithéâtre, c'est comme accompagner l'empereur… Les Mexicains ont fusillé il y a longtemps leur empereur. C'était Maximilien. Une marionnette avec laquelle l'Europe voulait ennuyer l'Amérique. Seul persiste mon vieil Oscar I$^{er}$, empereur des écrivains inconnus.

J'ai lu un autre de ses romans, ou plutôt une nouvelle signée Pythagore Latrémouille: *La ville du bonheur infini*, publié chez Pensée universelle, à Buenos Aires, sans date. C'est l'histoire d'une ville au confluent de l'Amazone et du río Negro, au XVIII$^e$ siècle. À l'abri des pirates, encore inconnue des découvreurs, bâtie dans une région fertile, administrée par un roi sage qui s'entoure de philosophes, cette ville est protégée de la mesquinerie. L'instinct égoïste a été éradiqué tant au sein du gouvernement que chez les citoyens. La douleur existe encore mais, dans les jardins sous les fenêtres, toutes sortes de fleurs ont le pouvoir d'endormir la souffrance et la tristesse. La lumière est claire le jour, l'obscurité est douce la nuit. Le bonheur passe comme une brise constante. Dans cette ville, le plus profond désir des habitants est de donner. Il n'y a pas de prison parce qu'il n'y a ni police ni avocats. Les abondantes richesses sont à la disposition de tous. Les vignes fournissent un vin délectable mais personne n'abuse du vin. Les hommes n'abusent pas non plus des femmes qui n'abusent pas de leurs hommes. Le lait des chèvres produit un fromage onctueux. La saveur des fruits est telle « que personne n'a besoin de croire à un paradis après la mort ». Les citoyens vivent avec appétit, bonté, plaisir, ayant compris qu'ils n'ont droit qu'à une seule vie. Tout autour de la Ville du bonheur infini, contre le mur intérieur, une bibliothèque ouverte à tous contient trente-trois millions de volumes traitant du bonheur. L'université n'enseigne qu'une seule science : comment être heureux.

Un jour s'amène dans cette ville un groupe d'émissaires étrangers. Dans leur lointaine contrée, ils ont entendu raconter qu'une ville parfaite existe sur la terre. Ils viennent s'instruire des moyens de distribuer le bonheur à tous leurs habitants. Chez eux, expliquent-ils à leurs hôtes incrédules, règne le malheur. Personne, sauf le roi, n'échappe à l'esclavage. Les hommes battent leurs femmes, qui battent leurs hommes. Les mères tuent les enfants. Les prisons sont plus nombreuses que les écoles. Seuls les criminels sont respectés. Les adolescents organisent des fêtes où ils s'entrepoignardent. Si des fleurs osent pousser dans la terre caillouteuse, les enfants en cassent les tiges. On ampute les arbres de leurs branches. La pauvreté est planifiée et distribuée par le gouvernement, où les fils succèdent aux pères après les avoir assassinés. Ceux qui veulent philosopher peuvent le faire en prison. Le roi est conseillé par une assemblée d'aliénés élus par des fous.

Pendant des heures et des jours, dans la Ville du bonheur infini, les émissaires font le récit des malheurs de leur pays. Dans cette ville où, depuis quelques siècles, on est parfaitement heureux, soudain, le malheur paraît intéressant. On répète les récits terribles que l'on a entendus. On compare ces intenses malheurs avec la langueur de vivre dans le bonheur continuel. Personne n'a le vocabulaire nécessaire mais chacun s'efforce de décrire ce que sont la souffrance, la faim, la torture, la misère, la haine. Le roi sage compare son faible pouvoir à celui du roi des fous qui tranche les gorges et coupe les mains. Découvrant un univers, de récit en récit, de discussion en discussion, de syllogisme en syllogisme, le conseil des philosophes parvient à la conclusion que la meilleure façon de créer le bonheur des uns est d'infliger le malheur aux autres.

Les émissaires du pays où règne le malheur ne retournent jamais chez eux. Ils deviennent des maîtres adulés. Quelques mois plus tard, la Ville du bonheur infini, affaiblie par la misère, la faim, la soif, est incendiée au cours d'une guerre où les habitants se martyrisent les uns les autres avant de se mettre à mort. Ni cheval, ni chien, ni rat ne sont épargnés. Aucune pierre ne reste posée sur une autre. Je transcris les dernières lignes : « Quelque tribu sauvage de l'Amazonie, réunie le soir autour du feu, raconte encore qu'en ce lieu, au temps des ancêtres, s'étendait la Ville du bonheur infini. »

L'auteur de ce roman est complètement désespéré, comme on l'est quand on aime la vie. Pythagore Latrémouille l'a probablement écrit il y a cinquante ou soixante ans. C'est maladroit mais *La Ville du bonheur infini* pourrait avoir été écrit cette année par un jeune auteur qui aurait lu les journaux d'aujourd'hui. Je suis d'accord avec l'auteur : les gens n'aiment pas le bonheur. Ma mère… Quelle vie misérable que la sienne ! Les vicissitudes d'une épouse de diplomate, les villes exotiques, les servantes, les nappes empesées, les appartements luxueux, les chauffeurs… Oui, mon père lorgnait les autres femmes. Après chaque réception, les accusations s'abattaient sur lui comme une volée de flèches.

— Bien sûr, j'aime les femmes ; c'est la raison pour laquelle j'ai choisi la diplomatie. Cet art est capricieux comme une femme.

Naturellement, cette blague insultait ma mère :

— La diplomatie se pratique un genou par terre. Voilà pourquoi tu as choisi cette profession. Tu ne peux pas te tenir debout comme un homme.

Ma mère flairait le parfum étranger. Il plaidait :

— Tu ne comprends rien à la diplomatie. Tu t'imagines tout un cinéma. Je sers mon pays.

— Toutes ces femmes...

— Tu sais quel pouvoir les femmes ont sur leur homme.

Qu'est-ce qui reste de tout ça ? Que reste-t-il de mon enfance ? Peut-on savoir ? De génération en génération, les enfants allemands se sont fait lire l'histoire de Hänsel et de Gretel, sa petite sœur, perdus dans la forêt. Très affamés, ils sont capturés par l'ogresse Grignote qui les gave de nougat, de choux à la crème, de pralines. Elle les veut bien dodus, avant de les faire cuire au four pour les dévorer. À la fin du conte, l'astucieuse Gretel pousse dans le four la méchante sorcière. Des années plus tard, les nazis qui ont entendu l'histoire poussent les Juifs dans les fours. Y a-t-il un lien ? Que reste-t-il de l'enfance ? Peut-on savoir ?

Ma mère m'a encore téléphoné. Elle m'annonce sa conversion au bouddhisme :

— Je veux quitter ce monde corrompu.

Je la vois méditer en tunique safran avec des moines tondus. À quoi va-t-elle penser ? À ses cheveux et à ses ongles.

Me revient une autre de ses plaintes contre mon père :

— Pourquoi ne me dis-tu jamais rien ? Je suis celle qui ne sait rien. Les femmes des autres diplomates ont toujours des ragots à offrir. Tu ne me dis rien. Je n'ai rien à dire. Elles parlent. Je dois écouter comme une potiche. Tu ne me trouves pas assez intelligente pour comprendre ta politique ?

Les plaintes tombaient sur mon père comme l'eau des chutes du Niagara. Finalement, écrasé sous les récriminations, il cédait :

— Tu pourras confier à tes amies que le monde ne va pas très bien.

Ma mère se taisait, boudait et songeait à ses souffrances, pires que la maladie du monde : son mal de dos, sa migraine, ses raideurs aux articulations, sa haute pression, sa basse pression, sa mauvaise digestion, sa fatigue chronique, ses étourdissements. Ses bulletins de santé quotidiens émis au petit-déjeuner étaient des chapitres de l'Apocalypse. D'agonie en agonie, ma mère survivait jusqu'à la réception suivante. Mon père disait :

— Tu ne soupçonnes pas la pression que je subis. Tout ce dont j'ai besoin, c'est d'un peu de tendresse. Dans cette famille, il y en a beaucoup pour le chien et très peu pour le père.

Pourquoi est-ce que je te confie tout ça, cher journal ? Ça n'a aucun intérêt. La cuisinière au Caire disait : « Quand le père est un oignon et la mère une gousse d'ail, comment voulez-vous que l'enfant sente bon ? »

Politique. Je n'ai pas lu un journal depuis mon arrivée au Mexique. Je ne sais pas quel libérateur le monde applaudit cette semaine. Je ne sais pas quel libérateur déchu le monde crucifie cette semaine. Il semble que je ne m'intéresse qu'à mon petit moi… Assez pleurniché sur tes malheurs, Sophie !

**13 avril**

Après la corrida, j'ai fait un assez long détour par la rue sous les agaves et nous sommes montés vers le quartier des hôtels. Il parlait. J'étais attentive. « Chaque guenille trouve son torchon », disait mon arrière-grand-mère. Lui et moi, c'est *amigos para sempre*.

La voix d'Oscar Dupont semblait provenir de loin derrière lui. Recroquevillé dans son fauteuil, il l'écoutait
comme si elle n'avait pas été la sienne. Curieusement aussi,
le fauteuil semblait léger. Me voici absolument incapable
de décrire mes sentiments. (Ma tête avait été bien protégée
du soleil qui tapait sur l'amphithéâtre. Je n'avais pas bu de
sangria.)

— Belle *chucha* douce, j'étais triste à la fin de la corrida
quand les chevaux ont tiré *el toro* hors de l'arène. Si mon
vieux corps n'avait pas déjà été essoré de toutes ses larmes,
j'aurais eu les yeux noyés quand les chevaux ont emmené
ce gros sac qui se vidait de son sang. Ma tristesse ne venait
pas de la mort du *toro*. Je pensais plutôt à tout ce qui restait
inachevé dans sa vie. Sans le coup de *la espada*, *el toro* aurait
encore monté quelques vaches, il aurait brouté son champ
durant quelques saisons et, les quatre sabots piétinant les
fleurs sauvages, il aurait pu meugler encore longtemps.
Mais il est mort au champ d'honneur…

»Une vie n'est pas suffisante. Je n'ai pas appris le tiers
de ce que je voulais connaître. Je n'ai pas caressé le tiers des
femmes que j'aurais voulu aimer. Je n'ai pas lu le tiers des
livres que j'aurais voulu lire. Je n'ai pas entendu chanter le
tiers des oiseaux que j'aurais voulu écouter. Je n'ai pas bu
le tiers des vins que j'aurais voulu boire. Je n'ai appris que
si peu de langues… Je n'ai pas écrit le tiers des livres que
j'aurais voulu écrire. Je n'ai pas eu le tiers des amis que
j'aurais voulu réunir. Je n'ai pas fait le tiers des enfants que
j'aurais désirés. Je n'ai pas eu le tiers des idées que j'aurais
voulu explorer. Je n'ai pas mangé le tiers des fromages que
j'aurais voulu déguster. Je n'ai pas ébauché le tiers des
rêves que j'aurais voulu… Quand je recevrai le coup qui
m'allongera au sol, ma vie se terminera inachevée.

» Mais je ne suis pas un *toro de paja*. Un taureau de paille.
Un taureau inoffensif. Qui n'a pas envie de combattre. Qui

déteste l'arène. Qui souhaiterait plutôt somnoler à l'ombre du feuillage. Je suis un *toro bravo*. Oh, je suis aussi couillon que n'importe quel homme, mais je fais des efforts! Je suis fait de boue mais dans mes artères coule le sang de la mer, des glaciers, des tempêtes, des volcans, des météorites, le sang des galaxies, le sang du feu au centre de la terre, le sang des univers inconnus, le sang du passé, de l'avenir, le sang de tout ce qui est inexplicable. Alors, le couillon d'homme, tout vibrant du sang de l'univers en fusion, devient un *toro bravo*.

» Ce sera bientôt la fin. La mort fait des *verónicas* pour m'aveugler, me fatiguer, pour que je baisse la tête, que je courbe l'échine. Alors, elle frappera. Faudrait-il que je m'abandonne à elle comme à une *hermosa puta*? Elle va *pisar terreno del toro*. Les chevaux tireront mon corps. Je vois la mort. Pour sa dernière passe, elle prépare une *templar*. Elle bouge la *muleta* rose doucement, comme une caresse, au ralenti pour prolonger l'instant. Je sens le danger sur ma nuque. La pointe d'acier déjà touche la chair. La *muleta* bouge lentement. C'est un tango très lent, lascif entre la mort et moi, dans les plis onctueux de la *muleta*. La musique: il n'y a que le silence. Le silence de ce coup qui sera asséné dans mon cou. Ne sois pas triste, belle *chucha* douce. Je suis un *toro bravo*.

» Sais-tu ce qu'est un *toro de fuego*? On les voit dans les fiestas du nord de l'Espagne. C'est un taureau de papier mâché. Grandeur nature. On le traîne dans les joyeuses parades par les rues de la ville. *El toro de fuego* a l'abdomen bourré de pétards. On allume la mèche et *el toro* explose: étincelles, feux, flammes, étoiles, météores. J'ai la poitrine chargée comme un *toro de fuego*! Je vais éclater comme le matin d'un nouveau jour.

Voilà ce que, après la corrida, m'a dit le vieux membre de l'académie de nulle part. Je ne voulais pas qu'il cesse de

parler. (Ou qu'il ne cesse de parler ? Maudite grammaire
française ! Pourquoi est-elle si compliquée ? Pas étonnant
que les Kurdes apprennent l'anglais.) (Maudite ponctua-
tion française !) Voilà pourquoi j'ai fait un long détour pour
revenir à la *Casa de las putas*.

## 14 avril

Il m'a dit :
— Belle *chucha* douce, te souviens-tu quand je te chantais :

*You are my sunshine*
*My only sunshine*

Il fait erreur sur la personne. Il se trompe d'un siècle.

## 16 avril

Cher journal, quand je t'ouvre, tu es comme un rideau
de théâtre qui s'ouvre sur la vie. Je n'ai aucune maudite
envie de me regarder. Rien à applaudir.

## 18 avril

Moi, je marche sur mes deux jambes. Tu as besoin de
moi pour te pousser. Je suis vivante, moi. Je ne suis pas une
momie dans un sarcophage à roues. Vieux con, je ne passe-
rai pas le reste de ma vie attelée à ton palanquin. Occupe-
toi de ton pousse-pousse. Je ne veux plus être ta femme de
ménage, ton coltineur, ton archiviste, ton laptot, ta secrétaire, ton nervi, ta messagère, ta repasseuse, ton estafier, ta
lavandière, ton comptable. *Shit !* Je parle comme ma mère !
La même chanson, excepté pour les mots rares dont je
ferais mieux de vérifier le sens dans le dictionnaire. Quand
on est fille de sa mère, faut-il absolument lui ressembler ?

Je n'ai plus envie de lire mon Balzac de sous-sol. Vieux
pharaon en poussette, ne m'envoie plus de fleurs ! Ne paie

plus les *mariachis* pour qu'ils bêlent sous ma fenêtre d'hôtel. Crois-tu que je suis nécrophile ?

**19 avril**

Pourquoi est-ce que je noircis les pages de ce *logbook* ? Je
prétends devenir écrivain et je n'ai pas encore écrit une
maudite ligne de mon roman. Je ne connais pas plus mes
personnages que la vie d'Assurnazirpal II.

**19 avril (aussi)**

Heureusement, il y a autre chose. J'ai rencontré Mr. Calgary. Il est beau. Déshabillé, je pourrais l'exhiber au musée,
dans la salle des sculptures grecques. Il devrait se débarrasser de ses lunettes rondes. Il a des biceps de boxeur, des
jambes de danseur de ballet. Il a les yeux bleus comme le
ciel d'Alberta. Il fait l'amour comme un étalon de race. Il
m'a confié qu'il aime sa mère plus que toute autre femme
au monde. Il est ennuyeux comme les Prairies cana-
diennes. Il est ingénieur pétrolier. Il déteste voyager parce
que « nous avons tout à Calgary ». C'est mon premier cow-
boy. Aussi amusant qu'un notaire. Après sa mère et son
ordinateur, ce qu'il aime le plus au monde : ses deux
juments. En me faisant l'amour, il me parlait de ses caval-
cades dans son ranch familial. Qu'il est romantique !

**21 avril**

Évaluons objectivement la situation. Ne pas fuir la réalité ; la regarder bien en face. Je suis Sophie S., je suis SS,
jeune, intelligente, plutôt bien tournée. Je peux amener qui
je veux entre mes draps. Devant moi, la vie s'étend, m'attend. Je n'aurais qu'à m'embarquer, à accueillir le vent
dans ma voile. Qu'est-ce que je fais ? Au lieu de m'élancer
vers le large, je m'occupe, le jour, d'un vieux piranha. La
nuit, je cavale avec Mr. Calgary avant qu'il remonte au

Nord retrouver sa mère, ses juments, sa petite amie, tout. Qu'est-ce que je fais avec ce vieux poète aussi oublié de son vivant qu'il le sera après sa mort? Je suis pousse-fauteuil, pousse-assiette, pousse-bouteilles, pousse-poussière, pousse-livres, pousse-médicaments et pousse-cercueil. Pour quel plaisir? Pour geindre et ressembler à ma mère...

**23 avril**

Le vieux sultan m'envoie encore des fleurs. Il a deviné, le faraud, que ses attentions fleuries et parfumées ne me déplaisent pas autant que je le dis. Pour ne pas oublier ce qui s'est réellement passé, je vais fixer sur le papier «le relevé des événements», comme dit mon oncle l'avocat. *Shit!* Mr. Calgary arrive. Au bruit de ses bottes sur la terrasse, je sais qu'il est en rut. Pourquoi suis-je si perdue en ce monde?

**24 avril**

«J'ai de la mollesse dans les os. J'ai peur de tomber dans la baignoire.» Le vieux flambard était terrifié. D'habitude, il aime faire tremper son corps dans l'eau chaude. Il appelle ça «partir en croisière». Apercevait-il quelque chose que je ne voyais pas? À grands cris, il réclamait sa mère. Je n'ai pas fait d'études en gérontologie. Dans les romans, les films, je n'ai jamais rencontré une jeune fille qui s'occupe d'un centenaire apeuré par une baignoire. J'ai dit doucement: «Maman ne peut pas venir.» Furieux: «Maman, j'ai peur de l'eau!» Sa frousse était réelle. J'ai voulu le raisonner:

— Maman est très loin.

— Maman, pourquoi es-tu partie si loin? Ton petit garçon a peur. Je vais tomber dans l'eau noire. C'est la nuit. Il fait froid. J'aurais moins peur, j'aurais moins froid si tu me serrais contre toi, maman. Maman, où es-tu?

Devant la détresse d'un vieil homme qui appelait sa mère, ma jeunesse était encombrante. Devais-je prendre la petite main plissée qu'il tendait à sa mère ? Ç'aurait été tricher. Il fallait le laisser à son désespoir. J'avais le cœur chamboulé. J'étais, moi, au pays de la jeunesse et il était, lui, derrière le rideau de fer de la vieillesse. Je ne pouvais rien pour lui. Avant que sa vie s'éteigne, il appelait celle qui la lui a donnée... Quand à mon tour j'atteindrai cette frontière, appellerai-je ma mère à mon secours ?

— Maman ! geignait-il.

Il était retourné au pays de l'enfance. Avant ses aventures, avant ses livres, avant ses femmes, avant ses guerres. Il avait oublié les chemins parcourus sur la terre. Il n'était plus qu'un enfant à qui une baignoire semblait plus profonde que la mer. Ses appels me déchiraient le cœur. Je ne pouvais plus être inutile. J'ai essuyé sur mes joues les larmes qui glissaient ; après une grande inspiration, j'ai pris sa main :

— Il n'y a rien comme un bon bain chaud...

— Maman ! a-t-il soupiré.

Ça m'a touché en pleine poitrine et j'ai fondu en larmes. Une véritable averse québécoise. Il a chuchoté :

— Maman, ne pleure pas.

Ça n'a pas arrêté mes larmes. C'était le déluge de notre grand-père Noé. Nous avions atteint la baignoire. Il fallait le déshabiller. (J'entends les pas de mon cow-boy. Hier, quand il me faisait l'amour, Mr. Calgary a crié : « Maman ! »)

### 25 avril

Mon beau cow-boy ; je me le rappellerai peut-être : un mélange de chérubin et d'étalon. Ma mère m'a dit : « On ne doit pas s'attacher à un homme. » Pourtant, elle était liée à mon père comme une fille attachée sur un radeau qui descend des rapides. Le radeau a heurté les récifs de la vie.

(*Shit !* j'écris comme Gabrielle Roy.) Les débris ont dérivé sur l'onde tumultueuse. Ma pauvre mère est restée attachée ; elle récrimine. Je n'appellerai jamais ma mère. JAMAIS.

Ni dans mes rêves, ni perdue au fond de ma vieillesse, si je me rends jusque-là.

Mr. Calgary est beau. Sa maman doit l'aimer. Trop. Quand il en est loin, il a la liberté de faire des choses protestantes et anglaises à une Québécoise française et catholique. Sa maman ne serait pas d'accord. C'est par culpabilité qu'il l'appelle à son secours. Mais pourquoi un très vieil homme appelle-t-il sa mère ? Pour ses derniers pas sur la terre, a-t-on besoin de la main maternelle comme pour les premiers ? Le vieil homme se tourne vers sa mère comme si elle pouvait éclairer l'épaisse obscurité de l'éternité. Sa mère l'a amené sur la terre ; le ramènera-t-elle d'où il est venu ?

Philosophie ! Philosophie ! J'essaie de comprendre. L'appel du vieux pirate m'a bouleversée. Je vais retrouver mon beau cow-boy. Il est si ennuyeux qu'il en est attachant. On ira boire une *cerveza oscura* à l'*Embassy Bar*. Soyons franche, je philosophe parce que je n'ai pas envie de raconter ce que je vais raconter.

Cher journal, j'ai du mal à te confier ce qui s'est passé après que j'ai pris la main du vieux malappris pour le conduire à son bain. « Maman ! maman ! » appelait-il. Emportée par une montée de bonté, j'ai cru que j'étais sa mère. J'étais prête à le serrer dans mes bras. Je continuerai demain. ¡ *Hasta la vista !*

## 26 avril

Comment les femmes finissent-elles toutes au service d'un homme ? Tante Claudine, une fameuse féministe, ne poserait pas les fesses dans un fauteuil où s'est écrasé un derrière masculin. D'après elle, les hommes n'ont plus d'avenir. Le clonage a rendu superflue l'espèce mâle : les hommes vont se sodomiser jusqu'à l'extinction, prédit-elle. S'inspirant de l'Inde, dit-elle, où les femmes se font avorter quand elles sont enceintes d'une fille, tante Claudine affirme que toute femme enceinte d'un mâle devrait mettre à mort son fœtus. C'est un taliban du féminisme, tante Claudine. Sa chronique dans un hebdomadaire prêche ni plus ni moins que l'éradication des « porte-pénis », responsables des guerres, des injustices, de la violence et des inégalités du monde. Elle est mariée à l'oncle Armand. S'il a soif dans son fauteuil devant la télé, pendant un match de football, il aboie : « Claudine, apporte-moi une bière. » La Reine des femmes libres, à pas empressés, accourt avec une bouteille et un verre. L'oncle Armand touche la bouteille : « Elle n'est pas assez froide. Les bouteilles sur la tablette du haut sont plus froides. » Et la papesse des droits de la femme retourne chercher une bière plus froide. Dans sa chronique suivante, elle tonne : « Les hommes, ces mollusques poilus »…

Je suis deux fois plus jeune que tante Claudine, je devrais être deux fois moins soumise. Pourtant, je suis devenue l'esclave d'un vieux sapajou. D'où vient cet instinct de servir un maître ? Pour des causes inconnues et anciennes, une jeune fille du XXᵉ siècle est devenue l'esclave d'un vieil hospodar. Je pourrais comme Candide me perdre dans la recherche des causes. Soyons franche. Je suis devenue esclave parce que je suis CONNE.

Il m'a encore envoyé des fleurs à l'hôtel. Avec une note. Il ne voit rien mais sa main ne tremble pas :

« Quand reviendras-tu ? »

Cher journal, allons jouer dehors ! Au lieu de contempler au microscope ma petite vie, je sors dérober au soleil, à la mer, au ciel, un peu de grandeur pour ma petitesse. Je fuis pour ne pas raconter… Demain, peut-être…

**27 avril**

*I overreacted.* Ma mère aurait réagi de la même façon. Une poussière tombait et elle s'escrimait, elle appelait au secours : c'était la fin du monde ! Cinq minutes plus tard, elle avait oublié. Mais vingt ans plus tard, la mémoire lui revenait. Elle se souvenait très précisément : non pas de la poussière mais de la fin du monde. Exactement comme ma mère, j'étais paniquée.

Je devrais cesser de la blâmer. C'est moi qui ai perdu la boussole à cause d'une poussière. *¡ Qué inteligencia ! ¡ Qué sabiduría !*

Donc, le vieux grognard appelait sa mère parce qu'il craignait de tremper son petit canard dans l'eau de la baignoire. J'ai pris sa main. Froide. Si froide qu'un trait de pitié m'a traversé la poitrine. Une à une, je lui ai retiré les trois chemises qu'il portait. Il se plaignait du froid depuis deux ou trois jours... Malgré le soleil qui cuisait les fruits sur les étals du marché. Je lui ai enlevé souliers, chaussettes, j'ai défait sa ceinture. Sa peau était si blanche. Son corps était vieux, si vieux... J'ai pensé à ce cadavre antédiluvien retrouvé dans les glaces de je ne sais quelle montagne. Dans ses yeux, il y avait une grande terreur. Tant de tristesse. J'ai touché l'eau dans la baignoire. Elle était bonne. Je l'ai aidé à s'asseoir. Il était si léger, presque déjà absent. Je me sentais forte. Forte comme une maman. Avec de la douceur, une tendresse appliquée, j'ai commencé à savonner son dos, ses épaules, ses bras, sa poitrine. Soudainement, ressuscité, le vieux soudard a proclamé, levant les bras comme Superman qui s'envole : « Je bande ! Je bande ! Je bande ! Belle petite *chucha* douce, va me chercher la grosse Clara ! » Je suis descendue au bar. Les hommes jouaient aux dominos. J'ai demandé qu'on envoie la grosse Clara au vieux fêtard.

— Clara, a dit la madame, elle est occupée avec un touriste. Un juif ou un musulman... Pour moi, ils sont tous pareils.

J'ai dit qu'il y avait urgence :

— Le señor del Puente peut rendre l'âme à tout instant.

— Il y a des choses qu'il faut comprendre...

Peu de temps après, la grosse Clara se déménageait aussi vite que possible chez le vieux vizir. Moi, je suis sortie dans la rue et, je ne sais pourquoi, j'avais les larmes aux yeux. Comme une mère. Heureusement, les mères ne voient pas leur enfant devenir trop vieux.

J'ai brouillé et je ne suis pas retournée chez lui. Il m'envoie des fleurs à l'hôtel. Pourquoi est-ce que j'ai pleuré ? J'aurais dû rire. (Quand je serai vieille, je blâmerai l'immaturité absolue de la jeunesse... Merci, Dieu, de nous avoir donné ça ; sans immaturité, qui aurait envie de vivre ?) Peut-être tout le théâtre du vieil acteur était-il trop triste ? Je me sens mieux.

Mon beau cow-boy viendra me kidnapper sur son cheval mécanique. Il a loué une moto. C'est son dernier jour mexicain et il veut s'éloigner de la mer. C'est un homme de la terre. Ennuyeux, mon cow-boy ? Comme le bonheur. Tous les jours, il téléphone à sa mère pour lui mentir. Car il ne lui raconte pas ses chevauchées nocturnes. Il a peu à dire mais il est si beau. Quand je l'accompagne, c'est lui que les garçons regardent. (Pas tout à fait vrai.) Donc, comme dans les vieux films, le cow-boy s'en va. Au menu d'aujourd'hui : moto sur les chemins de poussière et amour sous les fromagers.

### 28 avril

Mon cow-boy m'a parlé d'Afrique du Sud. C'est là qu'il a grandi. Mes diplomates de parents n'y ont pas été en poste. Il a été heureux là-bas. Ce fut un choc terrible quand la bise de janvier, qui tourmente les tours de Calgary, l'a attaqué pour la première fois. Il m'a raconté une histoire que je ne veux pas oublier. L'histoire de Pila. En zoulou, *pila* signifie vie. Pila, étudiante à l'université, est accusée d'avoir posé des bombes. Son père, un Noir, pensait qu'elle ne se préoccupait que d'étudier. Il est fier de sa fille. Lui-même milite dans un groupe anti-apartheid. Sa fille étudie pour servir l'avenir du peuple noir. Et maintenant, elle pose des bombes pour briser l'apartheid.

Pila est acquittée. Son père, soulagé, est aussi préoccupé. Pourquoi a-t-elle été acquittée ? Les juges de l'apartheid ne sont pas magnanimes quand l'accusé est noir. Sa fille aurait dû être condamnée. Il ne comprend pas. Le temps passe. Aucune nouvelle de Pila. Il s'inquiète. Peu à peu, il accepte l'inévitable conclusion : sa fille a été acquittée parce qu'elle a signé un pacte avec la police. Elle est devenue espionne pour l'apartheid. Menacés de la prison à vie, de tortures, de mise à mort, certains accusés noirs faiblissent et collaborent avec la police des Blancs. Le père de Pila comprend la peur de sa fille mais il ne lui pardonne pas sa faiblesse.

Quelques années plus tard, Nelson Mandela... Plusieurs disparus reparaissent. Pila ne revient pas. Son père comprend : honteuse d'avoir trahi, elle n'ose pas revenir. Il essaie de ne plus espérer voir sa fille, qui les a tous trahis.

Comme tous les Sud-Africains, il suit les délibérations du Truth and Reconciliation Committee. Écoutant la confession de deux policiers, il apprend que sa fille a refusé de collaborer. Les deux policiers l'ont amenée dans un champ, ont déchiré ses vêtements, l'ont violée, l'ont ensuite obligée, nue, à creuser sa fosse, à s'y agenouiller. Puis chacun lui a placé deux balles dans la tête. L'une devant, l'autre derrière.

Quand je saurai écrire, je raconterai l'histoire de Pila, jeune femme de notre temps. On a connu le Siècle des lumières. Ce siècle est celui de l'obscurité. Jamais on n'a été si savants. Jamais on n'a été si barbares. *Elle s'appelait Pila, c'est-à-dire la vie*: un beau titre pour un roman. Merci, Mr. Calgary, pour cette belle histoire.

C'était sa dernière journée. En moto, «un cheval mal conçu», on a roulé, on est allés partout, on n'est allés nulle part. On s'est arrêtés à une ferme d'alligators. On a traversé une horrible ville sur la mer, qui ressemble aux campements de la Floride, de l'Algarve ou de la Costa Blanca.

*Notes pour ma mémoire*: Un peu de vin. Un peu d'amour. Des kilomètres sur la route tortueuse. On a mangé sous un abri de roseaux. On a croisé des bananiers, des cocotiers. Un vautour s'acharnait sur un serpent. Mon cow-boy a cédé le passage à une famille de cailles qui traversaient la route. On a vu des palétuviers debout, sur la pointe de leurs racines, dans des mangroves ; du ricin sauvage qui grimpait aux arbustes, des paysans portant des sandales taillées dans des pneus.

On roulait pour rouler. Comme on vit pour vivre. Mon cow-boy planait déjà entre le Mexique et Calgary. Subitement, il a lancé comme un lasso une phrase qu'il a dû préparer méticuleusement. Je dégustais, il mâchait un crabe dans ce restaurant sur la plage. Un gros policier buvait de la *cerveza* avec de gros bandits qui s'étouffaient de rire à ses anecdotes juteuses. Mon cow-boy a dit : «Une belle fille comme toi peut avoir le prince Charles ou les Back Street Boys si elle veut, mais je voudrais que tu me veuilles.» J'ai été surprise : «Quoi ?» Touchée : «Vraiment ?» Un peu offusquée : «Je ne veux pas *vouloir* ; je veux être voulue.» Maladroite : «Je ne veux pas du prince Charles.» Sans humour, Mr. Calgary a dit : «Ah !»

Il était soulagé d'avoir dit ce qu'il avait planifié de dire. Je me suis habituée à lui. Il va me manquer, mon cow-boy blond comme les blés des Prairies. Je me sens engourdie. Ce bonheur facile (comme disait Camus) me fait bâiller un peu. On est revenus tard. Assise derrière lui, la tête posée sur son épaule, je le serrais entre mes bras. Quelquefois très fort. Lui, au guidon, roulait le plus vite possible sur la route qui serpentait le long de la mer. Nous avions hâte d'arriver à mon lit. Un tantinet ivre de bière, d'air et de soleil (ivre du Mexique?), j'avais la sensation de planer dans le ciel car les étoiles étaient si proches: une céleste motocyclette.

Tout à coup, des feux d'artifice ont éclaté en bouquets au-dessus de la baie. Comme si quelqu'un nous offrait des fleurs extraordinaires.

— C'est pour toi, a-t-il dit.

**30 avril**

Mon beau cow-boy romantique est parti tôt ce matin. Il me restera de lui quelques lignes de ce journal, écrites un peu trop vite.

Aphorisme: L'écriture et l'amour sont des rongeurs de temps.

Je retourne au lit dormir encore un peu. Plus tard, j'irai visiter mon vieux baroudeur. Le remercier pour toutes ses fleurs. Je suis absolument ridicule de l'avoir boudé. Pourquoi me suis-je laissé emporter par le cheval de l'irrationnel qui galopait à bride abattue? Je ne comprends pas mon comportement. Ai-je été jalouse de la grosse Clara? C'est bien compliqué. Je bâille. Pauvre vieux, qu'il ait toutes les putes qu'il désire s'il lui faut une pute pour que son cœur batte… Je suis encore prête à pousser son fauteuil. Vieux bouddha, nous ferons la paix. Depuis qu'il est là, je vois le monde autour de moi. Et je sais que je n'en suis pas le centre. Allons, au dodo. Je ronfle, éveillée.

**Plus tard**

J'ai roupillé durant deux bonnes heures. Hier, mon cow-boy voulait acheter un cadeau pour sa maman. Je l'ai amené chez l'Indienne qui peint des masques de terre cuite. Il a pris le premier sur le dessus de la pile. Couleurs vives. Fraîches. Soleil, lune, étoiles, poissons, mer bleue, fleurs. Il a dit : « Ça ressemble à ma mère. » Pour que ça ressemble à la mienne, j'aurais dû choisir des cactus et des chardons. Que ça doit être bon d'aimer sa mère !

Mr. Calgary veut devenir riche :

— Les riches sont libres.

— Et ils ne vont que rarement en prison, ai-je ajouté.

— Quand on est riche, on peut donner de l'argent à des œuvres de charité qui font du bien.

Je ne l'ai pas félicité :

— Tu vas t'enrichir en empoisonnant la planète avec ton pétrole. Ensuite tu vas devenir encore plus riche en réparant les dommages.

— La science trouvera les moyens de rendre le pétrole aussi propre que l'eau claire.

Je lui ai demandé s'il avait une petite amie. J'ai un peu honte de ma question. Je déteste ces pimbêches qui s'accrochent comme une verrue à un homme. Mon cow-boy a confessé : « Dans mon cœur, je pense que j'ai une amie mais, dans son cœur, elle ne pense pas qu'elle est mon amie. » Ce sont exactement ses paroles.

« Non, rien de rien, non, je ne regrette rien… » Je vais à la plage. Mon beau cow-boy est parti et je m'ennuie… Ça ressemble à une belle chanson country. Le dernier vers serait : Pourtant je suis heureuse aujourd'hui. *Te juro, Mr. Calgary, que tengo ganas.*

**2 mai**

Je n'ai pas écrit un mot hier. J'étais abasourdie. Il y a toutes ces affaires avec la police.

**3 mai**

Cette lettre, je l'ai ouverte les mains tremblantes. Elles tremblent encore. Je suis retournée à la *Casa de las putas* annoncer au vieux monstre que ma grève était terminée. Surprises de m'apercevoir, les filles m'ont demandé où était passé mon patron, qu'on ne voyait plus. Je me suis précipitée vers son antre. Les filles m'ont suivie. Il ne répondait pas à mes coups dans la porte. J'avais la clé, j'ai ouvert. C'était le fouillis dans le repaire du vieux renard. Les livres que j'avais classés dans l'ordre alphabétique, les magazines, les tableaux que j'avais accrochés aux murs, les vêtements que j'avais rangés : tout avait été rejeté sur le plancher. Un ouragan était passé. Il n'était pas là. Les filles se sont assurées qu'il n'était pas enseveli sous le désordre. Son fauteuil roulant n'y était pas non plus.

Au sommet de la montagne, du côté gauche de la baie, il y a un club de parapentistes. Durant le jour, ils flottent comme de beaux nénuphars colorés à la surface du ciel. Trouvant la porte de la cabine du club enfoncée, le responsable a appelé la police qui a trouvé, dans les buissons, le fauteuil roulant du señor del Puente. Un parapente manquait. Le fauteuil renversé dans les broussailles, le corps du vieil ermite invisible ; les policiers rechignaient devant l'énigme. La radio locale a annoncé en bulletins spéciaux la « disparition, comme dans un roman », d'un écrivain « qui a marqué son siècle ».

Disparition incompréhensible ? Le fauteuil abandonné au sommet de la montagne, le parapente disparu : mon vieil ami s'est tout simplement envolé au-dessus de la mer. Il s'était déjà comparé à un *toro de fuego*, un taureau en papier mâché aux flancs remplis de pétards. Quand il a été assez haut au-dessus de la baie, il a tout simplement allumé ses fusées. C'est le feu de joie que nous avons vu éclater dans le ciel, la nuit où nous roulions sur la moto,

Mr. Calgary et moi, la veille de son départ. Mon vieux *toro de fuego* avait annoncé qu'il quitterait la planète dans un feu de joie. Le parapente s'est enflammé. Il est tombé comme il le souhaitait dans la mer. Cet homme extraordinaire n'a jamais craint les requins.

L'histoire serait invraisemblable si la nonne noire n'avait pas été présente. On a frappé à la porte de ma chambre d'hôtel. C'était elle, c'était lui, la nonne noire. C'était le *desesperado*, l'exilé, le hors-la-loi, le révolutionnaire, le condamné à mort. Il m'a remis une lettre :

— Le señor del Puente m'a demandé de te remettre ça… J'ai peut-être fait un peu de désordre dans son appartement. J'avais besoin d'un peu d'argent, d'une montre, d'une bague, d'une plume. De quelques objets qui brillent pour les revendre.

Il refermait la porte.

— Attendez, ma sœur, j'ai quelque dollars américains.

Il a dit :

— Merci. Dieu sera content de savoir que je ne vous les ai pas volés. Merci. Je vais dire des oraisons pour vous.

— Attendez. Comment était-il ?

— On était des vieux complices. Ce n'était pas notre premier coup.

— Pourquoi le parapente ?

— Pendant la Deuxième Guerre mondiale, il a sauté en parachute sur la France occupée.

— Comment était-il juste avant de s'élancer ?

— Il riait comme un enfant qui va crier BOUM ! pour faire peur.

— C'est vous qui lui avez acheté ce qui était nécessaire ?

— Dans ma communauté, on s'intéresse à tout ce qui pète. ¡ *Adios* !

La nonne noire est sortie. Ce *bandido* marche avec une pieuse modestie.

**4 mai**

J'ai du chagrin. *Mactob* : c'était écrit. Je vois la mer et je
pense qu'il est là. Si je lève le regard, je vois imprimée sur
le ciel bleu sa gerbe de fleurs en feu. Je suis si triste que je
ne puis décrire mon chagrin. Il y a derrière moi un chemin
dans lequel je ne peux retourner. Cette flânerie au Mexique
est terminée. ¡ *Mierda !* pourquoi est-ce que je pleure ? Oscar
Dupont, ce vieux rastaquouère, est un grand écrivain.
Oscar Dupont, l'inconnu. Et l'on vénère des moustiques littéraires… *Señor del Puente, I will not forget you.*

**5 mai**

Sa lettre. Mon récit est en retard sur les événements. J'ai
peine à mettre des mots en ordre. Son écriture. Elle est fatiguée. D'une main fatiguée. La main qui a tant écrit doit être
fatiguée. Il s'est appliqué. Le stylo bille a trembloté :

*Belle* chucha *douce,*
    *Ma mémoire à trous n'a pas retenu ton nom mais je te remer-*
*cie pour ta jeunesse. Je sais où je m'en vais.* In culo alla balena.
Speriamo che non caghi ! *Hemingway avait retenu cette*
*phrase de son passage en Italie. Hemingway a eu un accident*
*avec une carabine. J'ai eu un accident de parachute. Quand on*
*est soldat, on est soldat pour la vie. Voici mon testament officiel*
*rédigé en bonne santé physique, intellectuelle, morale et sexuelle.*
*Je cède au porteur de cette lettre tous mes biens à l'exception de*
*ceux qu'aura pris la bonne sœur pour ses œuvres pieuses.*
    Gotha ferth ! *comme disaient les Vikings :* have a safe jour-
ney.

**13 mai**

Il faut terminer ce journal. C'est comme refermer un
roman qui aurait dû se continuer… Une chanson de ma
nounou d'Afrique :

*Je pleure dans mon cœur*
*Dieu seul peut essuyer mes larmes…*

**14 mai**

D'un de ses livres que je prenais au hasard, a glissé une enveloppe vide sur laquelle il avait noté quelque chose. Sans doute sa main sur son crayon était-elle jeune car l'écriture est jeune : « *You can't wait for inspiration. You have to go after it with a club. Jack London.* »

Maintenant, à moi de vivre !

## Dans la même collection

Donald Alarie, *Tu crois que ça va durer ?*
Émilie Andrewes, *Les mouches pauvres d'Ésope.*
Aude, *L'homme au complet.*
Aude, *Quelqu'un.*
Noël Audet, *Les bonheurs d'un héros incertain.*
Marie Auger, *L'excision.*
Marie Auger, *J'ai froid aux yeux.*
Marie Auger, *Tombeau.*
Marie Auger, *Le ventre en tête.*
Robert Baillie, *Boulevard Raspail.*
André Berthiaume, *Les petits caractères.*
André Brochu, *Les Épervières.*
André Brochu, *Le maître rêveur.*
André Brochu, *La vie aux trousses.*
Serge Bruneau, *Hot Blues.*
Serge Bruneau, *Rosa-Lux et la baie des Anges.*
Roch Carrier, *Les moines dans la tour.*
Normand Cazelais, *Ring.*
Denys Chabot, *La tête des eaux.*
Anne Élaine Cliche, *Rien et autres souvenirs.*
Hugues Corriveau, *La maison rouge du bord de mer.*
Hugues Corriveau, *Parc univers.*
Esther Croft, *De belles paroles.*
Claire Dé, *Sourdes amours.*
Guy Demers, *L'intime.*
Guy Demers, *Sabines.*
Jean Désy, *Le coureur de froid.*
Jean Désy, *L'île de Tayara.*
Danielle Dubé, *Le carnet de Léo.*
Danielle Dubé et Yvon Paré, *Un été en Provence.*
Louise Dupré, *La Voie lactée.*
Jacques Garneau, *Lettres de Russie.*
Bertrand Gervais, *Gazole.*
Bertrand Gervais, *Oslo.*
Bertrand Gervais, *Tessons.*
Mario Girard, *L'abîmetière.*
Sylvie Grégoire, *Gare Belle-Étoile.*
Hélène Guy, *Amours au noir.*
Louis Hamelin, *Betsi Larousse.*
Julie Hivon, *Ce qu'il en reste.*

Sergio Kokis, *Les amants de l'Alfama.*
Sergio Kokis, *L'amour du lointain.*
Sergio Kokis, *L'art du maquillage.*
Sergio Kokis, *Errances.*
Sergio Kokis, *Kaléidoscope brisé.*
Sergio Kokis, *Le magicien.*
Sergio Kokis, *Le maître de jeu.*
Sergio Kokis, *Negao et Doralice.*
Sergio Kokis, *Saltimbanques.*
Sergio Kokis, *Un sourire blindé.*
Micheline La France, *Le don d'Auguste.*
Andrée Laurier, *Le jardin d'attente.*
Andrée Laurier, *Mer intérieure.*
Claude Marceau, *Le viol de Marie-France O'Connor.*
Véronique Marcotte, *Les revolvers sont des choses qui arrivent.*
Felicia Mihali, *Luc, le Chinois et moi.*
Felicia Mihali, *Le pays du fromage.*
Marcel Moussette, *L'hiver du Chinois.*
Clara Ness, *Ainsi font-elles toutes.*
Paule Noyart, *Vigie.*
Yvon Paré, *Les plus belles années.*
Jean Pelchat, *La survie de Vincent Van Gogh.*
Jean Pelchat, *Un cheval métaphysique.*
Michèle Péloquin, *Les yeux des autres.*
Daniel Pigeon, *Ceux qui partent.*
Daniel Pigeon, *Dépossession.*
Daniel Pigeon, *La proie des autres.*
Hélène Rioux, *Le cimetière des éléphants.*
Hélène Rioux, *Traductrice de sentiments.*
Martyne Rondeau, *Ultimes battements d'eau.*
Jocelyne Saucier, *Les héritiers de la mine.*
Jocelyne Saucier, *La vie comme une image.*
Denis Thériault, *L'iguane.*
Adrien Thério, *Mes beaux meurtres.*
Gérald Tougas, *La clef de sol et autres récits.*
Pierre Tourangeau, *La dot de la Mère Missel.*
Pierre Tourangeau, *Le retour d'Ariane.*
André Vanasse, *Avenue De Lorimier.*
France Vézina, *Léonie Imbeault.*